うとうとしていたというのは本当だろう。
それでも——やっぱり、わた
こうして話してると心が温
それだけでも十分なんだ。
近くに居られるだけで
「じゃ、そういうこと
」
JN034646

手を出そうとして……わたしはグーを作った。
純とは、きっと握手じゃない。
純が照れ臭そうにグーをして、
小さいモーションで遠慮がちにぶつけてきた。

「なに恥ずかしがってるの？」

「慣れないことさせんなって」

「そんなんでこれから大丈夫？
那織とやっていける？」

わたしは今日から、新しいわたしを始めるんだ。

恋は双子で割り切れない

KOI WA FUTAGO DE WARIKIRENAI

6

高村資本
SHIHON TAKAMURA

[イラスト]
あるみっく

プロローグ

TITLE PROLOGUE

KOI WA FUTAGO DE WARIKIRENAI

（亀嵩璃々須）

神宮寺那織という女の子は厄介なのが職業である——なんて言いたくなるくらい厄介で面倒臭くてどうしようもない友人に、白崎君という恋人ができました。

彼女から何度も恋愛にまつわる相談を受けていた身としては喜ばしく、嬉しい気持ちで溢れています。ただ、いかんともしがたい複雑な感情もあります。親しい友人として彼女の相談ごとを至誠に考えていたのは間違いなく、ともに悩み、彼女の幸せを願った気持ちは赤心ですが、興味本位かつ面白半分で受け止めている部分があったのも事実です。

だって、先生の恋愛相談ですよ？

あの全身から自尊心とか自己肯定感が溢れ出ていて負けず嫌いな先生が弱気になってうにゃうにゃ言っている姿を俯瞰的かつ冷静に見始めたら、ああもう何を言って——いやいや、可愛いじゃんとなるわけです。そんな姿を見たら煽りたく——というのは適当じゃないですね、いじめたく……というのも少し言葉が強いかな、うん、愛でたくなるのです。

例えば、ある日の放課後。気怠そうにやってきた彼女が一言。「ねぇ、男の子って話が合って顔が可愛くて、それなりに胸のある女の子が居たら好きになるのが普通だよね？　寧ろ、それ以外に加点要素って何があるの？」これで本人は真面目なのだから、本当に口の端から笑い声が零れ落ちそうになってしまいます。登場して早々にこんな高慢かつ低解像度で、ともすれば唇を舐める女性は欲求不満であるの逆バージョンみたいな前時代的で錯誤甚だしいなんとも頭の悪いことを口走る友人です。いじり――愛でたくなるに決まっています。

　正直に申し上げますと、ちょっぴりだけ嫉妬に似た感情もありました。羨望とした方が近いかも知れません。つまりは、妬ましさと羨ましさの中間地点みたいな気持ちです。

　先生は、私に比べて多くの物を持っています。この世は本当に不公平です。そう感じる瞬間は何度かあったのですが……何が一番腹立たしいかと言えば、顔の造りがよく、私より身長があり、胸もそれなりに豊かなことです。自分がそうであると認識しているのがまた小憎たらしいのですが。とにかく、彼女の言葉は自身の外見を誇張しているわけではなく、本当にその通りだと私も思いますし、それこそ分かりやすく言えば男子受け……あ、この場合の受けは片仮名の方が適当ですね、男子ウケの良さそうな見た目をしているのです――が、それは一旦脇に置いておきます。止まらなくなりそうなので。

　いささか脱線してしまいましたが、端的に言えば小賢しくて可愛げがなくて耳年増で子どもっぽい決して親友とは言いたくないけれど、間違いなく一番仲が良くて私のことをちゃんと理解してくれている一番のとても大切な友人に恋人ができたという話ですが、事情がちょっとばかし難儀で入り組んでいます――彼女の恋敵は双子の姉でした。

双子で同じ人を好きになるなんてあまり聞かなかったのですが、彼女たちはそうなってしまいました。彼女に恋人ができたということは、姉である琉実ちゃんの失恋を意味します。

琉実ちゃんは友達想いのとても良い子で、先生と違って性格も悪くないし、ひねくれてないし、健気で明るくて、どうして同じ両親から生まれ同じ家で育ったのにこんなにも違うのかと思ってしまうような素敵な子です。私は先生の慕情を応援していましたが、同時に琉実ちゃんのことも応援しておりました。琉実ちゃんも大切な友達なのです。

なんだかんだ言って、白崎君がどちらかと付き合うのはもっと先になると思っていましたし、彼の心情を察すると同情すらしておりました。隣家の幼馴染のどちらかと付き合うなんて、お互いの家族関係を考えると簡単に決断できるものではありません。喧嘩して別れたら、控えめに言っても地獄だと思います――だからこそ、白崎君がリスクしかない先生を選んだのは嬉しくもあり、意外でもありました。だって先生は見るからに地雷ですし、厄介で面倒で我がまが服を着て歩いているような女の子です。

私だったら琉実ちゃんを――先生、ごめん。ちょっとだけ本音が漏れちゃった。もちろん先生のことは好きだし、友人としては最高で最上なんだけど、恋愛相手として考えると気苦労しか無さそうだよなって思っちゃった。

思っちゃった？　ううん、ずっと前からそう思っておりました。

先生は先生で可愛いんですけどね。反抗期の幼い子供みたいで。

とは言えですよ！　私は非常に怒っています！

何を怒っているかと言えばっ！

私はちゃんと学校の勉強合宿に来たのにっ！　自分はしれっと参加しないでっ！　やれ彼氏だ彼女だと浮かれてっ！　毒にも薬にもならないしょうもない惚気をＬＩＮＥで送ってっ！

琉実ちゃんだって勉強合宿に来ているんだよっ！！！

私はどんな顔して琉実ちゃんと話をすればいいのっ！

あと！　よりにもよって、私が琉実ちゃんを慰めているときにっ！　変なメッセージを送って来ないでっ！　《やっぱ、付き合ったらキスとか自由にして良いのかな？　でも、純君が興奮しちゃったらキスじゃ終わらないよね？　きゃーっ♡　そうなったらどうしよう。まだ心の準備が……》じゃないの‼‼‼

このバカッ‼‼‼　お願いだから空気を読んでっ‼‼‼

「わたしがこうしているとき、純と那織はどうしてるんだろうって考えちゃうんだよね」

琉実ちゃん……そんなに哀しくて辛そうな顔をしないで。

私も色んな意味で辛くなっちゃう。

「先生のことだから、きっとまだ寝てるんじゃない？」

今はお昼休み。普段の先生なら寝てる時間——バリバリに起きているようですが、状況的にそう言うしかありません。それなのに先生ときたら、私がお昼休みだからって頭の悪いメッセージを何通も——またしてもスマホに通知。誰からなのかは見なくてもわかります。

《けど、頑張るね。私はこの夏、男の子を知ってしまうかも……いやん♡》

お願いだから黙っててよ……本当に頼むから寝ていて下さい。

「……うん……あれこれ言ってもさ、純が決めたことだし、わたしだって元々は二人のことを応援してたからこれで良かったんだって思うんだけど……すっごく辛い」

「うん」

「でも、辛いって感じてるの、めっちゃわがままだなって自己嫌悪する」

「そんなことないよ。辛いものは辛いし、しんどいものはしんどい。自分がそう思うのを否定しなくて良いよ。こういうのはさ、やっぱり時間に任せるしかないんだと思う。よく距離を置くとか言うけどさ、琉実ちゃんの場合は家族だし隣の家だしで、物理的に距離を置けるわけじゃないから、余計に辛いと思うけど……って、私が言っても説得力ないよね」

「ううん、そんなことない。ありがとう。実は、麗良にも同じこと言われたんだよね」

「そっか……浅野さん、今回は来られなくて残念だったよね」

琉実ちゃんが言うには、浅野さんは親戚のお家でご不幸があったらしいのです。私は私で先生に裏切られたしで、お昼のタイミングで琉実ちゃんに声を掛けた次第でした。

「そうだね……でも、亀ちゃんが居て良かった。こんなに弱ってる姿、あんまりみんなに見せたくなかったたし。あと——平気な振りしてるの、結構辛かった。それにさ、わたしが言えた義理じゃないんだけど、那織も気を遣ってるのか何にも言って来なくて、それが逆に気になっちゃったりして……ほんと、わたしはめんどくさいなって、余計にへこむんだよね」

あのね、家では黙ってるかも知れないけれど、琉実ちゃんの妹はもう頭が鳳仙花並みに弾けまくっているの。こうやって話している間にも、何度かスマホが震えたんだよ。これは確実に先生が送ってる。絶対にそう——ずっと無視してるけどね。

「気を遣うなんて芸当、先生にも出来たんだ……」

脳内ピンクなメッセージを連投する癖に。生意気な。

「亀ちゃんもそう思う?」

「あ、聞こえちゃった? ごめん、無意識に口に出してたみたい……」

「そんな謝んないで。だって、那織だしさ。亀ちゃんがそう思うのも無理ないって」

「実の姉が発する言葉は重いね」

私たちは二人して笑いました――琉実ちゃんがやっと笑った。

※　※　※

「返事が無い時点で察してよね」

『だって、まさか部長が琉実と一緒にお昼食べてるなんて思わないじゃん』

「こっちは真剣に琉実ちゃんとお話ししてるのに、あんなエッチな漫画に脳が支配された男子中学生みたいなメッセージを何通も送って……少しは私の身にもなってよ」

『そこはこう、態とじゃん。勉強で凝り固まった頭を少しでも解してあげようって云う私の優しさが随所に溢れてたでしょ？　其処は汲んでくれないと困っちゃうなー』

「状況が状況じゃなければ、何言ってるのって笑い飛ばせるけど……とにかく、先生はタイミング悪すぎなの。で、話を戻すと、進展が無くて不満ってのが本音？　照れ隠しに色々と講釈垂れてくれたけど、あれは先生の願望そのものだよね」

先生とは長い付き合いだから、こうして通話してるだけでもお見通し。夜の自由時間、研修所のロビーで飲み物を買うついでに、私は抗議の電話をしていました。

『そりゃ、ちょっとは混ざってるけど……』

「先生のことだから、どうせ無理やりキスを迫ったりしたんでしょ？」双子もので、それっぽいの……愛の妖精（プチット・ファデット）？　男の双子だけど、いっか。「あたしがきれいな娘だったら、こう言うわ――こんな場所で、こんな時刻に、まるで人目を忍ぶようなキスはできないって。また、はすっぱな娘だったら、こう思うわ――時刻も場所も今ならちょうどいい、夜で不器量な顔も見えないし、誰もいないからあんたも自分のもの好きをきまり悪がらないだろうしとか引用して、私は綺麗（きれい）な娘かつはすっぱな娘だから、明るくてもキスしたくなったらいつでもするの、とか言ったんでしょ？　ファデットみたいに握手だけなんて無理だもんね」

マルケスの『百年の孤独』にあった、文学は人をからかうために作られた最良のおもちゃであるという一節は、まさに私と先生の為（ため）の言葉です。これが私達の会話です。

『双子だからって無理やりサンドの愛の妖精（プチット・ファデット）を引用しないで。確かに握手だけなんて嫌だし、ちょっとだけ分かるけど、少なくとも私は自分で蓮（はす）っ葉（ぱ）な娘とか言わないし。てか、あれ以来何もしてない。悔しいことに、何にも無い。嫌になっちゃう』

だよね。それが言いたかったんだよね。素直じゃないところ、本当に可愛（かわい）いなぁ。

「ああ、神様。私の友人は欲求不満みたいです。滾滾（こんこん）と湧き続ける性欲で沈溺（ちんでき）しないようどうかご加護をお願い申し上げます。このままでは、色に耽溺（たんでき）した放縦（ほうじゅう）極まりない生活まっしぐらになってしまいます。どうか、御心がなりますように」

『ならないからっ！　淫情に囚（とら）われた性獣みたいに言わないでくれる？』

「事実じゃん」

『事実じゃないっ！　そんなことより——琉実はどうだった？』

「何？　心配なの？」

『別に。心配してない。世間話程度に話を振っただけ』

ふーん、そうですか——そっちが本命だったわけね。それを訊き出したくてずっとダル絡みをしていた、と。「本当に先生は素直じゃないよね」

『素直でしょ。醇乎かつ純一無雑で清らかな心を持っていると自負してますけど』

清らかな心……？　仮にあるとすれば、一見すると澄んだ水なんだけど、どす黒い感情と優しさの抜け殻が軟泥のごとく沈殿した、ちょっと刺激を与えるとすぐ巻き上がって濁るような清らかさかな。神経質かつ多情多恨だし、寂しがり屋だし、そういう類いの清らかさに似た繊細さはあると思う——図太い振りをして、気にしない風を装っている感じだよね。

「はいはい。そうですね。先生の御心はキレイキレイでちゅね——なんて戯言は置いといて、琉実ちゃんの話だよね？　流石にまだ弱ってるって感じだったよ。すっかりやつれてるみたいで、本当に可哀相だった。お家ではどうなの？」

『家でも同じ。元気がある風を装おうとして失敗してる。外ではどうなのかなって』

「そっか……煽ったりして無いよね？」

『するわけ無いでしょ。でも、存在がもう煽ってるのと一緒だよね』

存在が煽ってる……それもそうか。同じ座卓に座る妹が彼女だしなぁ。

『だから、極力顔を合わさない様にしてる。向こうも嫌だろうし』

「こればかりは姉妹が故のって感じだね。白崎君もこうなることを恐れていたって感じだったし、かと言って避けられないのは既定路線だったからね」

『それからすると、純君が琉実と付き合っていた時の私、超偉くない？　お腹の中ではそりゃもう色々毒づいておりましたけれども、あそこ迄負のオーラをばら撒いて生活して無かったよ？　純君や琉実と普通に接する傍ら、夜な夜な枕を涙で濡らしたけど。思ひわびてさても命はあるものを　憂きに堪へぬは涙なりけりって感じで』

百人一首を引用して風流気取りときましたか。とは言え、絶対に夜な夜な枕を濡らしてなんか無いでしょ。それだったら――「嘆けとて月やはものを思はする　かこち顔なるわが涙かなの方が先生っぽいかな。恰好付けて言いそうって意味で」

『西行はなんかガチっぽくない？』

「何を以てガチっぽいのか分かんないけど、ニュアンスは分からなくもないかも……ま、戯言は置いておいてだよ、琉実ちゃんのことはどうするの？」

『どうするって何？　私にケアでもしろと？』

「そうは言わないけど……こう、上手い方向にどうにかできないかなって」

『それは自分で乗り越えるべき壁でしょ。乗り越えられなきゃ壊せば良い』

「ベルリンの壁みたいに？」

『ベルリンの壁だとしたら、私達双子は統一されちゃわない？』

そういう比喩で言ってないんだけどな。「猟奇的だね。でもきっと、先生は琉実ちゃんと意気投合できなくてすぐ分裂すると思うよ。つまり、心配無用だ」

『まぁ、立場上私には出来ない事が多いから、其処は部長がフォローしてあげて』

あ、スルーしたな、もうっ。「てか、そこに関しては合点承知の助だし、日中だって琉実ちゃんと話してる——なんだけど、私こそ出来ることには限界があるなぁって思ったから先生にこうして話してるんだよね。当たり障りのないことしか言えなくてさ」

『十分でしょ。振られた人間に掛ける言葉なんて、当たり障りの無い事しか無くない？』

うわ、なんかイヤな感じ。これは驕っておりますな。あかんたれぶーですよ。

「先生、自分は安全圏に入り込めたからって、遠巻き過ぎやしませんか？　私は琉実ちゃんが悲しんでる姿、友達として見てられない……そうだ、白崎君を分裂させよう」

『猟奇的だね』

はい、今のは完全に猟奇的待ちでした。

「それは最終手段として——振られるってどんだけ辛いんだろう」

思わず零れ落ちた本音でした。私にとって恋愛は見るものであり聞くものなので、プレイヤーではない自分には想像するしかない感情なのです。私は臆病者なので、片生りの頃から言い訳を用意しては恋愛に踏み込まないよう生きてきました。

例えば幼稚園の時です。○○君ってかっこいいよねって恥ずかしげもなく言える女の子が居たら、話題を変えました。例えば小学生の時です。二月十四日の放課後、教室で盛り上がる女の子たちから逃げるように、私はいそいそと帰宅の準備をして下校しました。

これはきっと自己肯定感が低いからだと推察しているのですが、私はその対象じゃないという意識が強いのです。だから、ちょっと褒められて、仲良くされたことで勘違いをしてしまいました。中等部の時です。私は一度だけ男性とお出かけしたことがあります。しかし、自分の中で巨大化し神格化された偶像と現実の差異をまざまざと見せつけられ、そして私は彼にとってただの後輩であるという事実も突き付けられました。期待はしていませんでしたし、少女漫画の中に登場する垢抜けないと言われながらも煌びやかにしか見えない強くて可愛い女の子みたいな振る舞いが自分にできるとも思いませんでしたし、甘い言葉を吐く自分を想像するだけで恥ずかしくなってしまいますし、こんな私ですから可能性は感じておりませんでした。先生に急かされるまま、話の流れのままお出掛けする運びとなっただけです――けれど。でも。もしかしたら。そんな小さな逆接は当たり前のように存在せず、夢を見ることすら私には許可されませんでした。

先生には先輩が子供っぽくて冷めたと言いましたが、あれは〈私は先輩の中に存在しないという現実に心が冷めた〉と〈漫画みたいなことが起きないかなと子供っぽい妄想をしていた自分に冷めた〉のも含めての冷めたでした。やっぱり是とされる理の外側に生きる私は、創作の中にある恋愛と友人の恋バナだけでお腹いっぱいにしてひとりで生きていくべきなんだと思った次第です。だから――私は恋愛ごとの辛さは物語の中でしか知りません。

『自分の気持ちを受け入れて貰えない、相手にとって自分がその程度だったと思い知るって感じなんじゃない？　きっと。類する感情を抱いた身からすればだけど』

ああ……うん、そっか。

『でも、純君の場合は苦しんでいる姿を見せてくれただけマシだったんじゃない？　そこまで考えた結果、やっぱり私じゃなかったって云うのもそれはそれでしんどいけど』

「そうだねぇ。白崎君は即断って訳じゃなかったしねぇ」

妙に他人事みたいな口振りだね……と言おうとして、口を閉じました。きっと先生は、自分がそっち側に立っていたかも知れないからこそ、距離を取った言い方をしているんだろうって気付いたからです。待たされるのも辛く、待たされないのも辛い。じっくり悩んでくれたからといって、出した答えに対して気持ちが軽くなる訳でもなく――白崎君の苦慮が私にも漸く実感として湧いてきたかも知れません。私はなんと浅薄だったのか。今にして思えば、口先だけで辛いよねみたいな言葉をよくも並べられたものです。

「とにかく、私にも何かできることがあれば言ってね」

こう言うのが精一杯なのでした。できることなんて限られていると知っていても。

芥川龍之介の『侏儒の言葉』の一節に「我我を恋愛から救うものは理性よりも寧ろ多忙である」とあります。琉実ちゃんがこれ以上苦しまなくていいように、思い悩まなくていいように——少しでも忘れられて気が紛れる時間を友達としてできる限り作ってあげたい。

叶わないとしても。

（白崎 純）

※　※　※

福永武彦は『愛の試み』の中で、「初恋というものは美しいものだ。というのは、物語がすべて過去形によって語られるように、初恋は思い出によって語られるから。そして人が初めての経験に感動するのは、初恋が本質的に観念的であること、あまりにも観念的であることに基いていよう。仄かだとか、甘いとか、夢のようだとかいうのは、愛の現実の苦しみがそこに捨象され、性慾に関する暗い部分が故意に眼をふさがれているからである」と書いている。

僕にとって、過去形であり思い出の中で語られるはずの初恋は現今となった——振り返って語るものではなく、再び向き合っていくものとなった……なんて恰好付けてみても、曖昧な現実感と緩慢な実感を手繰り寄せる思考からの逃避でしかないし、そもそも福永は「しかし青春の緒で、初めて愛を経験し、全力をあげてこの愛の意味を探ろうとしている者にとって、それは単に仄かだとか、甘いとか言っていられないだろう。そこにはもっと重要な意味、人間形成の最初の足がかりという意味があるだろう。従って初恋は、渦中にある者の場合と、それを回想する者の場合とでは、同日の論ではない」とも述べている。

まさにその渦中となった僕は、夢のようであり、戸惑いがあり、不安があり、翻って昂ぶる感情がある。それらが際限無くぐるぐると渦巻き、心の中で往来を繰り返している。

結果として——あれ以来（と言ってもそれほど日数が経った訳ではないが）、メッセージのやり取りや電話をしただけで、出掛けたりはしていない。会おうとしてもタイミングがあわなかったりしたのもあり、顔も合わせていない——琉実や亀嵩、教授は勉強合宿に旅立ち（それも終わろうとしている）、あと数日もすればお盆になる。父さんが帰って来れば僕は父方の祖父母の家に行くし、那織や琉実だって帰省するだろう。

せめてその前に——僕はあの海辺で那織に言った。

今年の夏は色んなところに行こうと。

そろそろ近くで大きいお祭りがある。

誘うのには丁度良い……で良いのか？　良いよな。那織もお祭りの雰囲気は嫌いじゃないと言っていたし、行ったら行ったではしゃいでいた記憶がある——初めて行ったのは越して来て最初の年だった。大きいお祭りだからと隣の家族に誘われ、二家族で行った。待ち合わせ場所を決めた後は僕達三人だけで会場を回った。それから毎年行くようになり、三人だけで行ったりもした。多彩な屋台で買い物するのが楽しくて、すぐにお小遣いが無くなった。クラスの友人に会いたくないなと思いつつ、僕は心の底から楽しんでいた。親の庇護から抜け出し、

　小学校高学年くらいからだろうか、一緒に行かなくなったのは。

　そう言えば、中学二年の時に会場でばったり会ったことがある。教授と一緒に行ったが、途中で解散になって帰ろうかという所だった。那織と琉実は二人だけで来ていて、僕等は三人で花火を見た。去年は琉実との関係を公言していなかったから、お互いのグループから抜け出して二人で隠れながら花火を見て――何だかんだで毎年必ず行っているんだよな。

　さて、考えるべきは今年で、那織に何て声を掛けるか。

　人混み嫌いの那織が素直に応じてくれるのか――あの溢れんばかりに押し寄せた人の合間を縫ってどうにか屋台まで辿り着き、待機列に並んでようやく買えたと思ったら、今度は落ち着く場所を探して喧噪の中を歩き回るみたいな……子供の頃はそれすら楽しかったのに、年々億劫さが顔を出す気持ちは僕にも分かる。でも行けば楽しい。色々言いつつ、根底では僕もお祭りが好きだ。それはきっと那織も同じ筈。唐揚げとか串物を美味しそうに頰張って、たこ焼きで口の中を火傷したと涙目になっている姿が目に浮かぶ。それに、浴衣姿の那織はいつもと雰囲気が違って何処か色っぽくて――よし、那織を誘おう。

スマホを取り、那織にメッセージを送る。〈何処か出掛けないか？〉とだけ打った。書店に行くでも良いし、図書館で課題をするとかそれこそカフェで喋るだけでも良い。映画だって悪くない。理由は何でも良いから、とにかく会って話したいと思った。

たったこれだけの事が、上手く言い出せなかった。告白する前は簡単に誘えていたのに、妙な気の重さがあった。会って話したいと思っているのに——ああ、そうか。那織と付き合って初めて、僕はデートに誘おうとしているからか。だから緊張しているんだ。

メッセージを送ったものの、返信は無く既読にもならない。十三時を過ぎたとは言え、夏休みの真っ最中。昨日も遅くまでスマホでやり取りしていたし、もしかしたらまだ寝ているのかも知れない。気を紛らわす為に課題をするか、本を開くか……まずはお茶でも飲んで一旦落ち着こう。そう言えばハーブティがあった。階段の手摺りに手を掛けた所で、返信が来た。

《ごめん。今日はパス》

〈今日じゃなくても大丈夫だ。用事でもあるのか？〉

《身体がしんどい》

〈大丈夫か？　風邪とか？〉

《生理》

〈暖かくしてゆっくり休んでくれ〉

足先とか指先が冷えると言う癖に、部屋を寒くして毛布にくるまるのが大好きとか云う妙な趣向が那織にはある。人間の多くは大なり小なり二律背反を抱えて生きていると思うが、那織の場合はそれがやたらに多い。シンプルに言えば面倒臭い――釘を刺した所で聞かないと分かりつつ、お決まりの台詞を送る。〈冷房はＭＡＸにするなよ〉

《してない》

《お腹を摩りに来てくれても良いんだよ？》

何を言って――画面にメッセージが増えた。《彼女が心配じゃないの？》

その言い方はずるいぞ……分かったよ。行くよ。僕だって那織に会いたかった。会って話したかった。それが本音だ。ただ何と言うか……彼女の文字に些少ながら狼狽してしまう。そうだよな、彼女なんだよな。そのたった二文字が那織から発せられるだけでこんなにも嬉しい。

〈僕が行ったら邪魔じゃないか？〉

《来て欲しくないなら、そう言うけど？》

〈支度したら行くよ〉

《Here they come!》

これはengageとでも返した方が良いのか？　と考えて思い留まる――が、乗った方が良いよな。家を出る時に送ることにするか。よし、十分もあれば準備は出来るだろう。

とりあえず〈ETA:1:30 p.m.〉と返信。身支度を整え、十三時二十九分に〈engage!〉と送ってから家を出る……我ながら発進はちょっと子供っぽかったな。浮かれてるみたいだ。

いや、きっと僕は浮かれている。

チャイムを押すとTシャツにハーフパンツ姿の那織が、気怠そうにドアを開けた。

「engageって何？　エンゲージリング的な？　プロポーズ？　結婚しようって事？」

え？　伝わって無かったのか？　流石にそれは、浮かれすぎた自分が恥ずかしい——。

「いや、あのスタートレックでピカードが発進の時に——」

「知ってる。冗談だよ。けど、私じゃ無かったら、翻訳物のみたいに割注で（新スタートレックでピカード艦長が発進の意で使う）って入れないと伝わらないネタだよね。良かったね、私がトレッキーの娘で」

「脅かすなよ」

神宮寺家に上がり、那織の後について行く——って、冷静に考えてみれば、那織の部屋に入るってことだよな……何を今更と自分でも言いたくなるが、歳を経る毎に心理的なハードルが高くなっていく。昔はもっと気軽に互いの部屋を行き来していたのに、今となっては毎回緊張してしまう——那織の部屋ではなく、彼女の部屋と云う響きが加わると余計に。

誕生日プレゼントを渡した日振りに訪れた那織の部屋は一見すると片付いてはいるものの、本や漫画が床に置きっ放しにされているのはあの時のままだ——ほんのりと香る那織の甘い匂いが鼻を擽るが、以前と変わらない光景はひと匙の落ち着きを僕に与える。手に力が入っていたのだろう、ついでに持って来たハーブティがずしりと重くなった。

部屋に入ると、那織は小さく息を吐いてベッドに寝転んだ。

「具合はどうだ?」床のクッションを引き寄せ、ベッドの近くに腰を下ろす。

「動けない程じゃないけど、動きたくは無い。立ち上がりたくない」

「玄関まで来てもらって悪かった」

「私が開けなきゃどうしようも無いじゃん。それとも、合い鍵が欲しいって云うアピール?」

「僕がこの家の合い鍵を持ってるのは、流石に変だろ」

「じゃあ、私が独り暮らしをしていたら欲しい?」

那織が独り暮らし……をしているシチュエーションに違和感はあるが、カップルのどちらかが独り暮らしをしていた場合は部屋の鍵を渡したりするものなのだろう。ただ、一般的にカップルが合い鍵を渡すタイミングって云うのはどれくらいの交際期間なのだろうか。他人に鍵を渡すリスクを考えると、相手への深い理解や信頼がなければならないし、それは長く付き合っているとか結婚を前提とした付き合いとか……結婚か。那織に告白すると決めた時点で、天壌無窮とは言わないまでも別れることは想定していないが、それにしたって同棲やら結婚の話は遠すぎて何の想像も出来ない——でも、そうなりたいとは思っている。

「ちょっと、どうしてそこで黙る訳?」

「すまん、何か色々と深く考えてしまった……それより、喋ってて辛くないか?」

「喋るのが辛いなら、来てなんて言わない。話し相手が欲しくて呼んだの。あと——」

頭から毛布を被って、那織が黙った。

「あと？」続きを促しつつ、横目でエアコンのリモコンを探す。案の定、部屋は尋常じゃない位に冷えている。最低温度かつ風量最大ではないが、明らかに温度を下げ過ぎだ。

那織が毛布から少しだけ顔を出す。「嘘吐いた。嘘じゃないけど」

「何だよそれ」意図が分からな過ぎて咄嗟に言い返しも浮かばない。

「ほんとはそこまで体調悪くない……生理ではあるけどもう終わりかけだし。でも、怠くて身体が重いのは本当……単純に出掛ける気分じゃ無かった。ゆっくり喋りたかった」

「最初からそう言ってくれれば」

「体調を詳細に説明するのが面倒だったの」

僕はサーモボトルを差し出した。「これ、持って来たんだけど、どうかな」

「ありがとう。気が利くじゃん」蓋を外して那織が匂いを嗅ぐ。「カモミール」

「ちょうど家にあったから。温まるかなって」

飲み口に吹いた息が細波を立てた音がして、目を細めながら那織がひと口飲んだ。

「超美味しいし、香りも良いし、凄く落ち着く。本当にありがとう。このハーブティーが正解過ぎて感謝の言葉以外出て来ない。これで豚骨スープとかテールスープが入ってたらどうしようかと思ってた。開けた瞬間部屋が獣臭くなるみたいな。飲む時にちょっと零しちゃったりして、豚骨ラーメン屋の換気扇の下で寝泊まりする気分を味わうオプション付きとか」

感謝の言葉以外の方が多いんだが。「零(こぼ)すのは別として、スープはスープで嬉(うれ)しいだろ」

「言ってて思ったけど、意外に有りかも。二人切りの狭い部屋で、私だけ飲むのは絶対に嫌だけどね――お茶、純(じゅん)君も飲むよね？　あ、間接キスになっちゃうけど大丈夫？　もし、私が口を付けた物は汚(けが)らわしくて飲めないって言うなら、一階(した)からカップを持って来るけど」

「いちいち口にするなよ。今更回し飲みで文句言う訳ないだろ」

「文句って言うか、そこはドキドキするポイントじゃないの？」

子供の頃は思ったよ。一人っ子だった僕にとって、那織(なおり)や琉実(るみ)が当たり前のように自分が飲んだペットボトルを渡して来た時は迷った。飲んでいいものなのかと――それはもう十年近く前の話で、今や一つの鍋を突(つつ)くような間柄の僕等にとって、それこそ那織(なおり)なんて自分のお皿にある嫌いな食べ物を僕や琉実(るみ)の皿に入れてくるような関係なのに、意識しないだろ。

なのに、改めて間接キスって言われると若干認識が変わって……無い。知らん。

「しねぇよ。飲み掛けのジュースを『これ美味(おい)しくないからあげる。全部飲んで良(い)いよ』とか言って散々押し付けてきた癖に。どれだけ僕と琉実(るみ)が後始末をして来たと思ってるんだ？　大体、那織(なおり)は興味だけで訳の分からない物を買い過ぎなんだよ」

「はぁ。初めて出来た彼氏が女の子に慣れてるマウント取って来て幻滅なんですけど。そんなに遊び慣れてる人だとは思わなかった……私はこれから弄ばれちゃうの？」

「何年一緒に居ると思ってるんだよ。家族ぐるみで兄妹(きょうだい)同然に過ごして来たからであって、女の子に慣れてるとかそういう話をしているんじゃないだろ？」

「ねぇ、今きょうだいって言ったけど、それ自分をどっちに入れた？　兄？　弟？」

あ、無意識に兄妹って変換してたわ……「漢字には変換して無い、かな」

「はいはい。自分を兄にしたんですね。あのね、言っておくけど、私の方が一ヶ月は年上なんだからね？　姉妹上私が妹だからって、妹キャラを全てに適用しないでよね」

「分かったよ。僕が悪かった」

那織から受け取ったハーブティを飲む——今はこのお茶だけが癒しだ。我ながらハーブティのチョイスは正解だった。自分にも効果があるとは思わなかったよ。

「分かればよろしい——そんな事より、あれから何してた？」

あれから？　それは何時の時点を指しているんだ？　海に行ってからか？　「積んでた本を読んだり課題をやったりはしたけど、特別何かはしていない……って、昨日もそんな話しなかったか？　那織だってずっとごろごろしてたって——」ああ、そうか。あれはそう云う意味だったのか。「すまん、何でも無い。普段通りだったよ」

「うん、そっか。あのさ……琉実と連絡取ってたりする？」

「取ってないな」

僕はそう答えた。

そうか、それであれからだったのか。那織もそれを気にして——連絡を取っていないのは本当だ。ただ、取ろうかと何回も悩んだ。でも、何と言って声を掛ければ良いのか分からないまま、正解が見付からないまま、時間だけが過ぎている。

那織に好きだと伝えた横浜デートのあとはまだ良かった。気まずさは残りながらも、皆で海に行くという名目があったから、細かい事には触れずに連絡できた。事務連絡みたいなやり取りしかしていないが、見掛け上は以前と変わらないコミュニケーションが取れていた。しかし、あの海の日——詰まり、那織に交際を申し込んだ日以来、僕は琉実に掛ける言葉を見失い、メッセージを送ろうと開いたＬＩＮＥは過去のやり取りのままずっとそこに留まっていた。

那織という存在——彼女が居るのに、琉実に連絡を取るのはよくない。

そう考える自分も居る。一般論として間違ってはいない。

果たしてそれは、僕が望んだ結末だったのだろうか——琉実と過ごした長い年月を無かった事にして、振り返らないように蓋をして、見ない振りを続けるのが正解なのだろうか——那織と付き合ったからと言って、琉実との関係を全て断つのが正しいのか、と。

あの時僕は、先の見えない恐怖の中で三人なら大丈夫だと考えていた。いや、言い聞かせていた。でも、気付いてしまった。それは身勝手で一方的な押し付けがましい願望だと。

それでも尚、今までの関係にケリを付けると決めた。

その事について、何ら後悔は抱いていない。だからこそ、琉実と金輪際関わらないで生きていくのは嫌だ。かつて付き合っていたからじゃない。幼い頃からずっと同じ時間を過ごし、共に成長してきた家族に最も近い友達だから——今までと寸分違わぬとはいかずとも、言葉を交わし合える友人でありたい。そう願うのはやっぱり我が儘なのだろうか。

いや、那織の気持ちを汲んでいない以上我が儘でしかない。だから、那織がどう思うのかを知りたい。那織が嫌がるのなら——僕にそれを願う資格は無い。ただせめて、那織と琉実の二人に仲違いや擦れ違いはして欲しくない。

「そうなんだ。ちょっと安心した」

那織の目を見る。安心した、那織は確かにそう言った。

ひとつ息を吐く。「琉実と連絡取るのは……嫌だよな」

那織の睫毛が上下した。茶色がかった虹彩が目縁を舐めた。

「ああ、そうじゃなくて。嫌とか嫌じゃないの前に、ただ安心したってだけ。純君からの連絡は、琉実を追い込むだけだから。今はまだ時期じゃないかなって」

想定していた言葉じゃなかった。

那織はただ琉実のことを心配して——良かった。僕から逸れた那織の目は照れ隠しだろうけれど、きっと琉実を見ている。だとすれば、僕は全面的に那織に協力する。

「言っとくけど、別に琉実を心配してるんじゃなくて、これは部長が気に掛けてとか余計な気を回して来るから流れで訊いただけ。勘違いしないで。あと——」那織が毛布から和手を伸ばして、僕の手を引っぱった。ひんやりとした指先が腕を滑り、手首を包むように巻きつき、最後に僕の指と指の間に割り込んできた。「琉実に限らず、私は純君が他の女子と連絡を取るのは嫌だから。私以外の女の子に心が動かされるのも嫌。三次元のえっちな画像がスマホに保存されているなら全部この場で消去して欲しい。私以外の人間に割く時間があるなら、全部私に注いで欲しい——ってのが本音なんだけど、現実的にそれは難しいと理解してるし、心に留めておいてくれれば良い。しつこく言う積もりは毛頭無いから安心して」

はい。仰せのままに……さっきの那織は琉実を見ていたのか？　琉実に限らずって言ったよな？　全面的に協力して、良いんだよな？　いやでも——那織がこう云う言い方をする時は大抵、琉実の事は気に掛けているが心配していると思われたくないだけだ。だから亀嵩の所為にして——だとしても、後半の部分は間違いなく本心だよな。

「何その顔？　言ったよね、私は面倒臭いって」

「あ、ああ。覚えてるよ」

「重いとこ見せても嫌にならないって言ってくれたよね？　ちゃんと覚えてる？」

言った。数日前のことだ、鮮明に覚えている。「覚えてるって」

「なら良かった」

眉宇に安堵が溢れ、那織の目がやんわりと細まった。


「じゃあ、スマホ出して」


「えっと……今、か？」

「その反応、まさか本当にえっちな画像が入ってるって事？」

「いや、入ってない……けど……」

いざ見せてと言われると、本当に見せて大丈夫なのか不安になる——その手の画像やら動画があるとかでは無く、検索履歴とかこう色々と見られたくない物はある訳で……。

「冗談だよ。それはまた今度ね」

「また今度って、完全に冗談じゃないよな？」

「何、見せられないの？　挙げ句、猶予を与える私の優しさを無碍に扱う気？」

「そ、そうじゃ無くて……」

「歯切れの悪さが気になるんですけど。そんなに大切な画像なの？　まさか……琉実のじゃないでしょうね？　だとしたら今すぐここで削除しないと私の沽券に——」

「違うって。そんな画像、ある訳ないだろ」

「なら良いけど……まぁ、安心してよ。ちゃんと私の秘蔵画像を代わりにあげるから。何なら今からでも――あ、今日の下着は可愛く無いから無理。ごめんね」

「そう云う事じゃ無くてだな――」

那織が顔をぐっと近付けて、僕の目を覗き込んで来る。「要らないの？」

くっ――その訊き方はずるいだろ。そもそも秘蔵画像って何だよ……一体、何を撮ってるんだ、那織は。さっき下着がどうのって言ってたが……まさかそれは無いだろう。いや、那織なら有り得るな。やり兼ねん。想像に難くない。那織の下着――思い起こされる数々。

福永武彦に告ぐ。

初恋というものは思い出によって語られるから美しく、現実の苦しみや性慾に関する暗い部分が故意に眼をふさがれるという趣旨のことを書いていたが、僕は今、彼女になって日も浅い初恋の女の子から、性欲に関する暗い部分をこじ開けられようとしている。

認めよう。目を逸らし取り繕ったところで、僕の負けは確定している。

「……清浄なるスマホを差し出すと誓おう」

「えー、言ってる事が難しくて、私には分かんなーい」

「欲しいです」

「聞こえなーい」

僕は再び己の欲望を口にした。欲しいです、と。

「そんなに欲しいんだぁ。そんなに気になるんだぁ。ふーん」

意地の悪いニヤついた表情で、那織が満足そうにこっちを見てくる。

悪魔だなっ！

「よく言えました」そう言って僕の頭をぽんぽんと叩くと、毛布を引き寄せて背を向けた。

壁の方を那織が向いてくれて助かった。僕はだらしない顔をしていただろうから。

エアコンが息を吐くだけの静寂が、部屋を満たしていく。

顔の火照りと上がった体温を冷ましてから、ベッドに腰掛ける。

「今度、お祭り行かないか？」

丸まった那織の背中に話し掛けるが、返事は無い。聞こえていなかったのかと呼び掛けてみるが、やはり反応は無く、この短時間で眠ってしまったのだろうか？　まさかとは思いつつ顔を覗き込もうとした時だった——振り向いた那織が僕の腕を引き寄せた。

いきなり腕を掴まれ、バランスが崩れた僕の首に那織が腕を回して抱き着いてきた。

「それ、デートの誘い？」

こんなに近い距離で見詰められると、咄嗟に言葉が出て来なくなる。那織とは長い付き合いだし、それこそ十年来の付き合いなので那織が可愛いのは重々承知しているのだが、改めて近くで見るその可愛さに、つるんとした薄い肌に、弓なりに生え揃った眉に、くるんと上を向いた睫毛に、くりっとした丸い目にたじろいでしまう――何がどう可愛いとかで無く、上手く言語化出来ないが、こう全体的に……その……ただ、僕は那織のことを見た目で好きになった訳では無いし、性格を含めた総てが好きになったと言うか、好きになった女の子がとても可愛かったと言うか……いやもう、自分でも何を言っているのか分からない。

シンプルに言うなら、僕はまだこの距離には慣れていない――耐え切れずに目を逸らした。

「夏休み、出掛けようって約束した、から……どうかなって」

「そこで素直にはいそうですって言えない所がもうこれ以上無い位、純君って感じ」

そう言って、那織が無理矢理目を合わせて来る。「てか、何で目を逸らすの？」

何でと言われても――「そんなつもりじゃ……」

「私の目を見てもう一度言ってくれなきゃ、行かない。残念でした。本日の営業はこれにて終了とさせて頂きます。またのご来店をお待ちしております。尚、次回営業日は未定です」

今日はやけにぐいぐい来るな……分かったよ。目を見れば良いんだろ？　目を見て言うだけで良いんだよな？　分かった。那織の目を見るのは今日が初めてじゃない。何度も見てる。今さら気にする事じゃ無い。相手は僕と同じ人間だ。長年一緒に過ごしてきた幼馴染だ。

僕の双眸が再び那織を捉える。

余計なことは考えず、文章を諳んじる――「一緒にお祭りに行かないか？」

那織がゆっくりと瞬きをした。粘りの増した空気に抗い、じっとりと纏わり付く重力をどうにか押し退けるような瞬きだった――そして一文字ずつ確かめるように、母音と子音をその場で足し込んでいるみたいに、朧げな視界の中でゆっくりと那織の唇が動いた。

「行く」遅れて耳に二文字の言葉が届く。「デートなんでしょ？」

「ああ……デートしよう」

「うん」

那織が笑った――彼女になったかつての友人と行く初デートの約束を、僕は取り付けた。

TITLE

≪神宮寺琉実の独白≫

KOI WA FUTAGO DE WARIKIRENAI

頭をからっぽにしなきゃ耐えられなくて、走っていれば気が紛れると思った。でも家の周りを走るのはひとりの時間が長すぎてすぐに色々考えちゃって、上手くいかなくて。それに、イヤホンから流れるテイラーも刺さり過ぎて辛かった。Red とか Back to December はグサグサ刺さるし、White Horse だって幾つも刺さるフレーズがあって——明るい曲だけをリピートしなきゃ辛かった。走ってもそんな調子だったから、誰かと練習してるのが一番マシだった。部活に全部を注ぐしかなかった——それでもふとした瞬間によくわからない大きくてぐちゃぐちゃな感情に飲み込まれそうになって、先輩から「集中して」とか「ぼーっとしないっ」って注意されたりして、バスケに逃げるしかないのにそれすらできなくて、どうしたら良いのかわからなくて——バスケに逃げるってのも失礼な気がするけど、事実としてわたしはそうするしかなかった。

わたしはただ、振られただけ——ううん、夢から覚めただけ。

ちょっとだけ叶った夢から離れたら、また近づいてきて最後に消えた。最初に戻っただけなのに、知ってしまった恋の味が忘れられなくて、家ではずっと音楽を聴いて気を紛らわすしかなかった。そんな自分が、なんだか悲劇のヒロインを演じてるみたいで本当にイヤになるんだけど、そんなつもりがなくったって、シャワーを浴びているときに頭の中の重たい塊がぐらっと揺れたりして——だから、お母さんが言った、「逃げるのもひとつの選択だし、敢えて飛び込むのもひとつの選択なんじゃない？　自分の気持ちを整理するために、自分の気持ちに区切りをつけるために、一緒に行くのもありかもね」って言葉はずしっと刺さって、逃げるのはらしくないかなと思って、わたしは那織や純と海に行くことにした。

それできっぱり諦めが付くって思ってた。

でも、ずっと辛かった。

ずっとずっと辛かった。

付き合いが長いから。ずっと見ていたから。二人の間に流れる空気感みたいなのがひしひしと伝わってきて、ああ、わたしはもう部外者なんだなって気分になった。

横浜に行ったとき以上に純はわたしに気を遣っていて、それをわかっちゃうのが自分でも悲しくて、気付かない振りをしていた。いつもみたいな感じを出そうって頑張れば頑張るほど息苦しくなって、頭の中にあるどんよりとした醜くて暗い想いを見ないようにして、人に言えないようなことを考えてしまう自分から目をそらして、精一杯頑張って話し掛けた。ゆずが居たから少しは逃げ道があったけれど、みんなは那織を中心に動いているような感じがして、どこまで行ってもわたしは選ばれなかった女で——楽しかったという気持ちも確かにあるけど、その思い出の真ん中に居るのはわたしじゃなかった。

わたしが世話を焼いてあげなきゃいけなかった妹はちゃんと友達に囲まれていて、わたしに向けるのとは全然違う優しい目を純から向けられていて、暑いだのなんだの文句を言っている割に那織の姿は羨ましいくらい生き生きしていた。なんだかとても距離を感じた。
そのときに感じた距離は、わたしの寂しさや悲しさや嫉妬や無力感を、海に行く前なんかと比べものにならないくらい大きくした。その所為でずっと寝付けなくて、みんなが寝静まったあと、胃がずっと気持ち悪くて、そっと部屋を出て一階のトイレに駆け込んだ——横浜の一件以来、ずっとこんな感じだった——でも、こうやって直視することでそのうち納得できるんじゃないかって思った——ううん、しようとした。失恋を癒す方法とか失恋から立ち直る方法みたいなのもめっちゃ調べたし、純だけがすべてじゃないって何度も言い聞かせたし、男の子に振られたくらいで何をめそめそしてるんだしっかりしろ、格好悪い姿をこれ以上見せないように——そんなに簡単じゃなかった。

甘かった。

振られるのがこんなにしんどいって知らなかった。自分がどれだけ想っていても相手にそれが届かない。どれだけ言葉を費やしても頷いてくれない。どれだけの時間を一緒に過ごしても響かない——自分の存在すべてを否定されたみたいで、頑張りや今までの気持ちすべてを無かったことにされたみたいで、純とあれこれ話し合ったりしなければとかもう一度だけ夢を見ようなんてしなければとか、そもそも付き合ったりしないでいればとかみたいに考えるけど、きっとそのどれもが無意味で自己満足にもならないばかりか、ただただ自分を責めるだけの時間でしかなかった——色んなことを、もうすべてのあれこれを投げ出したくなる。

空っぽになった心の中にはマイナスな感情ばかりが流れ込んできて、それが全身に染み渡って身体がうまく動いてくれない。思い出しては泣いて、吐いて、平静を装って……自分がこんなに弱いって思わなかった。こんな自分を誰かに見られるのは本当にイヤだったし、心配して欲しいみたいに思われるのも耐えられなかった。それがまた辛さを加速させた。

何がそんなに自分を苦しめているのか、それっぽい言葉を探してみてもしっくりこなくて、どれもど真ん中って感じじゃなくて、考えてもわかんないまま重い身体と心を引き摺りながらどうにか生活をしているって感じで、それはきっとお母さんにはずっとお見通しで、ことある毎に「ご飯だけはちゃんと食べるんだよ」と言われ続けた——食欲なんてなかった。

わたしはずっと独りで、人目のない部屋の中でひっそりと縮こまるしかなかった。

このまま消えたい。消えてなくなりたい。みっともない姿をこれっきりにしたい。眠ったまま、朝を迎えることなくすべてが終わらないかなって何度も思った。

どうしようもないくらい、最悪の夏休みだった。

みんなで海に行ったあとに行われた勉強合宿はずっと上の空で気付いたら終わってたって感じだったし、純と那織は参加してなかったから二人で会ってるのかなとか考えたりしてた。考えないようにしてたのに無理だった。亀ちゃんが何度か話し掛けて来てくれて、少しの間は気が紛れたけれど、色々と吐き出しているうちにまた思い出す始末だった。

すぐあとにあった部活の練習合宿に至っては、初日の夜、麗良や可南子と同じ部屋で、二人から「本当に大丈夫？」「最近、ちょっとやばくない？」って声を掛けてくれて、いつもだったら「心配かけてごめんね」みたいに返していたんだけど、合宿っていう非日常の中で漂う深夜の空気の所為か、ううん、それもあるけどこれ以上虚勢を張るのが限界だったわたしは、「ちょっときついかも」と弱音を零した――それから堰を切ったように後ろ向きな言葉が止めどなく溢れてきて、こんなこと聞かされても困るよねって思いながらもどうしようもできなくて、自分でももう限界だったんだって思い知った。

そうやって弱音を吐き出してしまったわたしは、楽になるどころか踏ん張るだけの気力がなくなってしまった。練習試合をしたりしたけど、思うように動けなかったし、簡単に息が上がる始末だった――「もういいから、そこで休んでな」なんて言われたりして。

だから、合宿からの帰りにみんなからご飯に誘われたけど、わたしは断った。迎えに来てくれたお母さんの車に乗って、何かを喋る元気もなくてずっと黙っていたら、信号待ちでお母さんがわたしの頭を撫でながら「お疲れさま」とだけ言った。その言葉——たった一言のお疲れさまで、ダムが決壊するように涙が零れだした。耐えられなかった。

わたしは、またしても泣いてしまった。どうしようもなかった。

こんな泣き虫な自分がイヤでイヤでたまらなくて、なのに涙が出ちゃうのをとめられなくて、考えれば考えるほどしんどくなって、頬を伝う涙のあとが冷める頃には完全に自己嫌悪になってて、そんな自分が悔しくて、もどかしくて、また泣きたくなってしまう。

だから——もう泣きたくないから、泣くような自分でいたくないから、感情が動かないように心を殺して生きているのに、何かが切っ掛けになって——それは言葉だったり、いつもの公園が目に入った時だったり、純と一緒に買った物だったり、純から貰った物だったり、身の回りにある色んな物がスイッチになっていて、ぶわっと湧き出してくる感情に押し流されて歯止めが利かなくなる。決して大袈裟じゃなくて、これからどうすれば良いのか分からない。時間が解決するなんて言うけど、わたしは時間が経てば経つほどにどんどん酷くなる。今の状態だったら、絶対に海なんて行かなかった。家から出なかった——家の中ですら思い出が溢れていて辛いのに、純と那織が作り出す思い出の中に自分が居ない光景を露骨に見せつけられるなんてとても耐えられなかった……あのときだって耐えられなかったんだ。
ずっとずっと我慢し続けてたから、限界に達しただけなんだ。
限界をとうに超えたわたしは、これから……もう、わかんないよ。
何にもわかんない。何にも考えらんない。

わたしはどうすればいいの？
どうすれば純を忘れられるの？
いつになれば昔みたいになれる？

ねぇ、辛いよ。苦しいよ。お願いだから——誰か助けてよ。

そう思うとき、わたしは純を思い浮かべている——わたしはわがままだ。

第一章

TITLE

まだ帰りたくないって言うべきだった？ 猫撫で声で

KOI WA FUTAGO DE WARIKIRENAI

（神宮寺琉実）

学校が始まって良かったのは、忙しいこと。

夏休みを終えたばかりの頃の教室は、期末テストがあるって事実をみんなが受け入れられてなくて、どこかふわふわした感じがずっと漂っていて、教室のあちこちで夏休みはどこに出掛けたとかお土産を渡し合ったりとか、めっちゃ日焼けしてる人がいたり、中には彼氏が出来たとか話してる人もいたりして——ひたすら報告会が続いてるって感じだった。

テスト週間になる頃には教室が落ち着きを取り戻していて、期末が終わった今は来月に行われる学園祭——幸魂祭に向けてバタバタしてるって状況で、わたしとしてはそのバタバタがありがたかった。

あの夏休み明けすぐの雰囲気はガチで辛かった。みんなが楽しそうに思い出を話す中、わたしと言えば純に振られたってのが一番大きな話題で、それを逐一説明するのはちょっとって感じだけど、きっとわたしと純が余りにも喋らないから周りの子が空気を察して——触れちゃいけない雰囲気があるのもしんどくて、でも触れて欲しくはなくて。

実際、夏休み明けから今まで、純とはほとんど話していなかった。とても遠くなった感じがして――特にあの日から。

それは、学校が始まるちょっと前に、純が家でご飯を食べた日。

純がお父さんとお母さんに、「あの、那織から聞いてると思いますが、お付き合いさせて頂いております」と宣言した日。

純が言ったように、二人は既に付き合っていることを知っていた。

みんなには言えなかったけど、夏休み、純に振られた以外に大きな事があったとすれば、きっと純がわたしの親に付き合ってるって言ったことと、お盆に帰省した話しかない。

最悪だった夏休みの終わりが見えてきた頃だった。お盆になって、お父さんとお母さんも仕事が休みだったから、例年通り家族でお祖父ちゃん家に行った。途中で料理屋さんに寄って、ご飯を待っている間、那織がいきなり「私、純君と付き合う事になったから」と言った。

お母さんは、察していましたって感じで「そっか、おめでとう」って言っただけ。お父さんはオーバーなリアクションで「それは良かった！　いやぁ、那織は純君と合うんじゃないかとずっと思っていたんだ」と喜んでいた――わたしは、曖昧に笑って黙っていた。

黙っているしかなかった。

その後もお父さんがあれこれ言っていたけど、覚えてない。料理が運ばれてきて、その話は終わった。助かったってのが正直だった。上機嫌なお父さんが、「この蛸の唐揚げ美味しいぞ、琉実も食べないか？」と言ってきて、本当にイヤだった。あんまり食欲回復してなくて、わざわざうどんを頼んだのに、揚げ物を勧めてくる無神経さが耐えられなかった――見かねたお母さんが「琉実はお腹の調子良くないみたいだから」と言ってくれて、わたしの分は那織の口の中に消えた。

家から遠く離れて、それは純の家から離れられるって意味でもあって、ようやく意識せずに済むと思ったし、従姉の帆波お姉ちゃんも来るって聞いてたから、久しぶりに会えるなぁなんて考えてたのに、那織が変なことを言い出すから全部台無しになった――ううん、違う。

わたしが純と付き合っているときに出来なかったことを、お父さんとお母さんに言えなかったことを、さらりとやってのけたことがショックだった。わたしは期間限定って想いがあったから言えなかったけど――そうじゃなかったとして、こんなすぐ言えたかって訊かれると全然自信がなくて、純と那織が付き合っていることが親公認になっちゃった感じが、もう後戻りはしないって決意表明っぽくて、わたしだけが取り残されてるってのを思い知らされた。

それがめっちゃ辛かった。

お祖父ちゃん家に着いて、お祖母ちゃんが「よく来たねぇ。二人とも、えらく可愛くなっちゃって」なんて言って迎えてくれて、なんだかその言葉を聞いただけでちょっと泣きそうになった。荷物を置いて居間に行くと、滋伯父さん達が先に居て、テーブルには沢山のお菓子や果物が並んでて、「お昼食べてきたばかりだから」って言っても、「いいから食べな」なんて言われて、食欲ないなんて言うと心配されちゃうから無理して食べたりもしたけど、みんなと学校の話とか部活の話をして、あれこれ世間話をしてるうちに少し気が紛れた。

伯父さんが言うには、お姉ちゃんはあとから来るってことだった。

伯父さんの所には、崇大お兄ちゃんと帆波お姉ちゃんがいて、お兄ちゃんはもう仕事をしていて、お姉ちゃんは大学に入ったくらいだと思う——小さい頃はよく一緒に遊んで貰った記憶はあるけど、お姉ちゃんは中学受験で失敗して、進んだ地元の学校でうまくいってないとか色々あったみたいで、お母さんに訊いても「なんか、色々と難しいみたいよ」くらいのことしか言ってくれなくて、とにかく何年も会っていなかった。

那織はテーブルの上のお菓子を摘まみながら、ずっと無言でスマホをいじっていて、質問されれば答えるみたいな感じだった。世話焼きの香帆伯母さんはしきりに那織を気に掛けていたけど、周りに居るのが親戚でも、人が多いとこうなるのはいつも通り。居間から逃げないだけ昔よりはマシかも——だけど、わたしには、那織が遠い所に行った感じがずっとしてる。

というか、わたしの知らない那織が居るって感じがする。

お父さんとか伯父さんがお酒を呑みだしたりして、空気の流れが変わったタイミングで那織が居間から出て行った。話したくないけど、話したい——那織を追い掛けようとしたとき、伯母さんが「帆波、もう着くって」と言った。

あー、タイミング逃しちゃったな……と思っていると、外からお腹に響くような低音が鳴り響いた。まさか？　と思っていると、伯母さんが「来た」と言って立ち上がった。

「大学受かったら車買ってやるって言ったら、こともあろうにスポーツカーが欲しいとか言い出してさぁ」と伯父さんが言って、お父さんも「お、良いじゃないか」なんて言い出して、みんなでぞろぞろと外に出ると、グレーのスポーツカーが止まっていた。

中から出てきたのは、サングラスを掛けた薄いピンクアッシュの女の人――あれ、帆波お姉ちゃんだよね？　わたしの記憶では、メガネ掛けてて黒髪ストレートだったんだけど、目の前に立っているのは、セミロングのウルフカットにバンドっぽいTシャツの女性だった。

わたしの横で、お父さんと伯父さんが「これは良い車を買ったなぁ」「どうしてもこれが欲しいって聞かなくてな。しかも、マニュアルなんだよ」「この時代にマニュアルとは、兄貴の娘だよな……」みたいなことを言っていて、やっぱり帆波お姉ちゃんなんだと思っていたら、超笑顔で「琉実ちゃんっ！　元気だった？」とサングラスを頭にのせたお姉ちゃんが駆け寄ってきた。眩しそうに目を少し閉じた顔には昔の面影があって、記憶の中のお姉ちゃんが、ぶわっと蘇ってくる。見た目は静かな感じだけど、一緒に遊んでるときは率先してあれしようとかこれしようみたいに言ってくるギャップがあって、草むらの中とか川の中とか真っ先に入って行くあの感じ――家から出て「天気いいね」って空を仰ぐときの顔だった。

「うん、元気だよ。お姉ちゃんこそ、久し振り」

「ねー。ずっと顔出してなかったし。五年振りくらい？」と言ってから、今度はわたしのすぐ後ろに立ってたお母さんに「おばさんもお久し振りです。全然顔出せなくてすみません」と頭を下げた。礼儀正しい感じは、昔の帆波お姉ちゃん。

「いーの、いーの。元気にしててくれれば。それより、凄い車買って貰ったわね」

「折角なんで、おねだりしちゃいました」

「これ、車高は純正？」

「あ、おばさんも車分かるんですか？」

「ううん。私は全然詳しくないんだけど、最近の車は低いなぁって」

思わずお母さんの顔を見てしまう――菜華さんが、改造車乗ってる男の人とよく遊んでたって言ってた……と思ったけど、さすがに黙っておく。余計なことは言わないのが正解。

「実はちょっとだけ下げてます」

「だよね。だと思った。これくらいが実用的でちょうどいいよね。カッコ良い」

「ありがとうございます。ってか、おばさん、結構好きですよね？」

「若い頃、車好きな友達が多かったから……私、湘南の方だし」

何言ってるのか全くわかんない。「低い方がカッコイイの？」

「それはそうよ。スカートは短く、車高は低くって言うでしょ？」

「そんな言葉、聞いたことないよ？」

「いいのよ、そんな話は。それより大学はどう？　楽しい？」

「はい、お陰様で。あの、今日、那織ちゃんは来てないんですか？」

「来てるわよ。寝てるか本読んでるんじゃない？　呼んでこようか？」

「いいえ、大丈夫です。どうせ後で会うと思いますし」

お父さん達はお姉ちゃんの車をじろじろ見ながら話をしていて、わたし達は話もそこそこに家の中に戻った。お姉ちゃんの髪の毛を見たら、お祖父ちゃんが色々言うんだろうなって思っていたら、もう知っていたのか「おお、来たな」くらいの反応で安心した。

また居間に戻って、皆で喋って。

「自分の車持ってるなんて、大人でカッコイイ」

会話がふっと途切れたタイミングで、お姉ちゃんに言った。

「買って貰った車だけどね。ありがと。後で乗せてあげよっか？」

「え？　いいの？　乗りたい。ドライブ行こう」

「夕ご飯まで時間あるし、今から行こっか」

「うん、行きたいっ！」

「ちょっと今から出掛けて来る」お姉ちゃんが立ち上がりながら言った。

みんなが「まだ初心者なんだから気を付けなよ」とか「安全運転でね」とか「ちゃんと夕飯迄には帰って来るのよ」なんて言うのを、お姉ちゃんは片手を挙げながら「わかってる」と制して居間から出て行った――その背中は、わたしが知っているお姉ちゃんじゃなかった。

「あ、那織ちゃんにも声掛けないとね」

那織の居場所は言わなくても分かる。書庫だ。

元々学校の教員をやっていたお祖父ちゃんが、家を建て直すときに作った書庫は、その名の通り本当に沢山の本があって、那織は子どもの頃から決まってそこに居る。小さい頃に純が来たこともあって、あのときも那織は純と二人で書庫に籠っていた。

お父さんの話だと、昔のお祖父ちゃんは凄い厳しい人だったらしいけど、そんな印象は全然なくて、いつも優しくて、でも那織が読んだ本の話をすると、がらっと目が変わったのを子どもながらに覚えている。ちょっとキリッとするんだけど超嬉しそうな目になって、那織の話をうんうん頷きながら聞いていた。たまにお父さんも交ざったりして。

わたしは話に入れなくて、お祖母ちゃんやお母さんと話していた。

だから、わたしはあんまり書庫に近付かなかった。那織がお祖父ちゃんを独り占めする原因みたいに考えていた――那織みたいに本を読んだりしていれば、違ったのかな……なんて。

「やっほー。久し振り。今からドライブ行かない？」

お姉ちゃんの誘いに、那織は「久し振り。私は大丈夫」と素っ気なく断った。お姉ちゃんは気にしてたけど、那織は本当に困惑してるって感じだったし、わたしが「那織は本読みたいみたいだから」って言って、二人だけでドライブに行くことになった。

どこか涼しい所に行こうというお姉ちゃんが連れてってくれたのは、山の中だった。狭くて荒れた山道を、お姉ちゃんはわけもなく進んでいく——木々が鬱蒼としていて、ときたま太陽が隙間から顔を出す、そんな感じの山道。

でも、なんでだろう、知ってる気がする。

「琉実ちゃんは、ここ知ってる？」

ドンピシャのタイミングで、お姉ちゃんに訊かれた。

「わかんない……けど、知ってる気がする……」

道の先が明るくなった——開けたところに出ると、山小屋？　なんかログハウスみたいな建物と、がっしりとした柵に囲われた畑が見えてきた。山の中で……あっ！

「もしかして、これ、お祖父ちゃんの畑？」

「正解っ！　琉実ちゃんが小さい頃、来たことあると思うんだ。だから、知ってる気がしたんだよ。てか、ここで一緒に遊んでるしね」お姉ちゃんがログハウスの前に車を停めた。

道理で見たことあると思った！　あっちの森にお姉ちゃんと入って冒険みたいだねって騒いだり……奥の方には小さい川が流れてて、魚いるかなって探し回って——思い出したっ！

「ここは元々お祖父ちゃんの生家があって、周りにも何軒か家が立ってたらしいんだけど、みんな出てっちゃって、あっちの奥に辛うじて一軒残ってるのも空き家」

「そっか。それでお祖父ちゃんはわたし達を連れてきたことがあるんだ」

「多分、琉実ちゃんが来たときは、まだお祖父ちゃんの家もあったと思うけど、雪で屋根の一部が崩れたりとかで、危ないからって取り壊して、でも更地にしちゃうのは寂しいからってことでこのログハウスを建てたみたい。お祖父ちゃんは別荘って言ってたけど」

「別荘って言えば、確かに別荘かも」

「こんな辺鄙なところにそんなもん建ててどうすんだ？　ってうちのお父さんと喧嘩になったみたいだよ。お祖父ちゃんは俺の金なんだから良いだろって突っぱねたらしいけど……ここからの景色を見ると、残しておきたかった気持ちもわかるよね」

「うん、素敵。こういうところでゆっくりするの、憧れるもん」

「でしょ？　やっぱり自然の中は生き返るねぇ。下界に戻りたくなくなっちゃう」お姉ちゃんがそう言って、わたしの顔をまじまじと見る。「しかし、二人とも雰囲気変わったよね」

「そう、かな？」

「うん。とってもキレイになった。久し振りに会って、びっくりしちゃった。背も大きくなったよね——昔は二人とも小っちゃかったのに、もう完璧に抜かれちゃった」

「お姉ちゃんこそ、カッコよくなってて驚いた。その髪色、めっちゃ素敵」

「ありがと。いきなりこんなんでビックリしたよね。昔は超地味系だったし」

　ログハウスのポーチにベンチがあって、どちらからともなくそこに座った。山肌を駆け抜けていく風が、本当に気持ちいい。こうしてぼーっとしてると、ずっとざわざわしていた心が落ち着いていくっていうか、なんか無になれる感じがして、久々に息が軽くなった。

不思議な気分だった。

正直に言っちゃうと、お姉ちゃんのことをいつからか意識していなかった。日々の生活の中にお姉ちゃんはいなかった。嫌いになったとかじゃなくて、思い出す瞬間が無かった。すっごくたまにだけど、伯父さんの話とかが出て思い出す——そんな感じだった。

昔は会う度にたくさん遊んで貰って、離れ離れになるのが嫌だって帰り際に泣いた記憶もある。それくらい慕っていたのに、自分は薄情なのかもって——運転するお姉ちゃんを横目で見ながら考えていた。ただ、お姉ちゃんと喋っていると、わたしたちの間にあった空白の数年間がぎゅっと圧縮されて、昔に戻った感じがして、そこにたどたどしさとか遠慮みたいなものは全然なくって……久し振りに会った親友、みたいな気さえした。自分勝手なんだけど、お姉ちゃんも同じように感じてくれてたらいいな、そんな風に思っていた。

だから、「ずっと顔出さなくてごめんね」って、さっきまでとは違う落ち着いた声で言ったときは、ちょっとどきっとしつつも、安心したって言うのも変だけど、ほっとした。

「ううん。大丈夫」

「ちょっと色々あってさ、中学はあんまり行かなかったし、高校も似たような感じだった」

それは何となく知っていた。お母さんが言いにくそうにしていたのを、覚えてる。難しい表情で、子どもながらにあんまり聞いちゃいけないんだなって思った。

「それで去年かな、お祖父ちゃんがこの山小屋に連れて来てくれて――みたいな感じで。しばらくしたら、お祖父ちゃんは無理強いしなかったけど、あそこにある畑を手伝わされたりして、最初は土に触るのもイヤだし、なんでこんなことって思ったけど、不意に夏休みに育ててたアサガオのことを思い出して、あー、私って植物育てるの好きな子供だったなってさ。そしたら急に泣きたくなっちゃって……話しだしたら止まらなくなっちゃうんだけど、そんな感じでさ、ここは色んな意味で第二の家って感じなの……家って言うか、学校かな？」

「そうだったんだ」

「うちってさ、兄貴が頭良かったじゃん？　直接的には言われなくても、いっつも比べられてる感じがしてて。で、受験失敗したとき、ああ、もう全部終わったみたいになっちゃった。親の期待も自分の人生も、周りからの評価も……自分はずっと敗者として生きていくしかないんだなって。それで地元の中学行ったら、絶望を背負ってる顔の人なんて一人も居なくてさ、その瞬間から急に周りがレベル低く見えちゃって、余計にすべてがどうでもよくなって、あとはもうお決まりのパターン。周りもそんな空気を察して、次第に距離を取るようになって、そこからよくある無視されるとか、自分にだけ決めごとを教えてくれないとかそんな感じ。で、もう学校には行かないってなった」

わたしは何も言えなくて、相槌を打つことしかできなかった。

「でもさ、家に居ると暇なんだよね。ずっと寝てるんだけど、寝るのも限界があってさ。それまで寝ることに限界があるなんて思いもしなかったよ。そっからはもうネットに入りびたりって感じ。なんかさ、ネットだと皆優しくて、話を聞いてくれたんだよね。でもそれって、女子中学生だからなんだよね。優しいと思ってたのは全員男の人だった。琉実ちゃんには言えないようなバカなことも沢山した。自分を大切にしてなかった。それに気付くまで随分かかっちゃった——高校には行ってたけど、ちゃんとした意味では行ってなかったし。だからさ、そんな自分だったから、皆の前に顔なんて出せなかった。自分でもわかってたんだよね、これはおかしいんだって。親の悲しんでる姿を、恩着せがましいこと言わないでよとか誰の所為でって言って、逃げ回って、ずっと見ないようにしてた。人の所為にして、周りの所為にして、世界の所為にして、自分がこうなったのは自分の所為じゃないって言い聞かせてた。心の底では、そんな生活やめたかったんだと思う。やめる切っ掛けが欲しかったんだと思う。

そんなとき、ママがぽつりと言ったんだよね。そう言えば、琉実ちゃん関東大会だって、凄いねって——それが、あんたは何も頑張って無いよねって聞こえた。事実、何にも頑張って無かったし、ただただ逃げ回ってるだけだった」

関東大会——わたしが中三のときの話……わたしは今、何を頑張ってるんだろう。

「その話を聞いて、まるっと生活を変えたわけじゃなかったし、まだ適当な生き方をしていたんだけど、ずっと引っ掛かってた。で、ちょっと決定的に嫌なことがあって、もうすべてが限界になって、もう一度ちゃんとしようって思った。ここに来たのは、ちょうどそれくらいのときでさ。なんか今までと全然時間の流れが違って、でもやっぱり家に帰ると色々と思い出しちゃって——それで身も心もボロボロのよくわからない精神状態で歩いてたとき、予備校から高校生が出てくるのを見て、ふと大学行こうって思った。ちゃんと自分にも水をあげようって思って、それからＳＮＳのアカウントを完全に消して、死ぬ気で勉強した——だから、ありがとう。それをずっと言いたかった。なんか、急にめっちゃ重い話してごめんね」

「そんな……わたしなんて別に……今は何にもできてないし……」

「そんなことないよ。琉実ちゃんには出来ることがある」

「あの、実はわたし——」

言おうと思った。全部言おうって。

わたしも言いたい話——聞いてほしい話がある。

今のお姉ちゃんになら言えるって思った。

「うん」

「夏休み、ずっと好きだった男の子に振られたの」

振られたっていう言葉が、自分で言った言葉なのに、言葉にしてしまうとそれが事実なんだと改めて突き付けられているみたいに感じられて、息が詰まりそうになる——ゆっくりと息を吸ってから、わたしは続けた。

「その男の子は那織と付き合った。あの日から、わたしは一歩も前に進めてない。ちゃんと歩けてない。友達はわたしを気に掛けてくれるし、慰めてくれるし、話も聞いてくれる。本当に感謝してる。ありがたいなって思ってる。でも、そのときは前を向こうって考えられるのに、しばらくすると元に戻っちゃう。どうしようもできないってわかってる。悩んでも変わらないってわかってる。なのに、考えちゃう。立ち直り方をずっとずっと探してる……そんな物は無いんだろうなって思うのに」

「そっか。それで那織ちゃん……久し振りで警戒されてるのかと思った」

お姉ちゃんが肩に手を置いて、抱き寄せてくれた——わたしは素直に肩を預けた。

「なんていうかさ、やっぱり生きてると色々あるよね。間違うし、後悔するし。その男の子って、どんな子なの？　あ、ちょっと待って……前に話してくれたことある？」

「うん。きっと合ってる。隣に住んでる男の子」

「なんとなく覚えてる。琉実ちゃんが小さい頃、わたしだけにって教えてくれたよね。思い出した……じゃあ、あの頃からずっと好きなんだ。人を好きになって、それが叶わなかった。何年も掛けた大恋愛だったんだね」

「大恋愛……だったのかなぁ。ただ、遠回りしただけって気がする。実は、一回付き合えたことがあるの。那織には敵わないって思ってて、でも行動しなきゃって。なのに、那織を見てたら申し訳なくなって、別れちゃった。純は——わたしの好きな人は、那織の初恋の相手で、純は那織のことが好きだったから……今でも別れた日を夢に見るんだよね……」

「なるほどねぇ……琉実ちゃんは、純って子と那織ちゃんが付き合うことは応援できる？」

「……うん、できる」

即答できなかった。本当に一瞬だけだけど、考えてしまった。

「でも、イヤ？」

「正直言うと、イヤ」

言ってて自分で嫌になる。わがままで、諦めが悪くて、自分勝手で――なのに、お姉ちゃんはわたしの顔をじっと見詰めて、そんな気持ちを深掘りするみたいなことを言った。

「じゃあ、もし二人が別れたらどうする？　付き合ってって言う？」

わがままなわたしは――

あのときわたしは、何も答えられなかった。

ただ、そのあとにお姉ちゃんが言った「付き合ったからって永遠に一緒にいられるって決まったわけじゃないし、振られたからって人生が終わるってこともない。終わったみたいに思うけどね。多分、琉実ちゃんに今必要なのは、あれこれ考えなくてもいいくらい予定を入れることかな。忘れることはできないだろうけど、慣れることはできるから。あと個人的にオススメなのは、めっちゃ失恋の曲聴いてとことん落ち込む。さっき言ったことと矛盾しちゃうけど、気分が落ち込んできたなってときは、いっそとことん落ち込む。で、これ歌ってる人も同じ気持ちだったんだなって考える。ほら、テイラー・スウィフトも人が音楽を最も必要とするのは、恋をしてるときか、失恋したときって言ってたし――それでもまだ好きな気持ちが強く残っているのなら、その時の状況も踏まえて考えればいいんじゃない？」って言葉はずっと頭に残っていて、あれからしばらく経ったけど、鮮明に思い出せる――それにお姉ちゃんがテイラー知ってたのも嬉しかったし、お姉ちゃんの言葉はきっとその通りだと思った。

だから、わたしはまずは目の前のことを頑張って、どうしようもなくなったら、失恋の曲をガンガン聴いて、テイラーですらこう思うんだから、わたしが悩むのは仕方ないって思うことにする――そう決めた。あとのことは、あとで考えるって思った。

なのに、まだわたしは、純とまともに会話すら出来ないでいる。

はぁ、うじうじしてちゃダメだ。せめて――休み時間、席を立って廊下に向かう純を追い掛けた。純がひとりなのを確認して、近くに人が居ないのを確認して。でも何を話そう。話すことなんて……数学のテスト返ってきたし、その話でいいかな？　急にテストの話振られたら純も変に思うかな？

大丈夫、いつも通り。落ち着け。

前と同じようにすれば――口を開こうとして、上手く声が出ない。ふぅ。よしっ。

「ね、数学のテスト、どうだった？」

※　※　※

（神宮寺那織）

「本当に部誌を作るの？　本気で言ってる？」

抗議の意で言ったのに、部長は憎たらしい笑顔で返して来た。「もちろん」

夏休みが終わり、前期の期末試験が終わった今、本来ならば静かにゆっくり過ごすべき時間が流れる筈だった。文化祭なんてやりたい人がやれば良いし、私とは無縁のイベント――なのに、事も有ろうに部長は部誌を出すと息巻いて聞かなかった。いやまぁ、何か言ってるなとは思ってはいたけれど、まさか本気だとは――部長が間を置かずに「そもそも、部活を作る時にそういう話したよね？　実績作んなきゃダメって言ったよね？　だから、部数は別として部誌を出す必要あるでしょ？　で、タイミングとして文化祭がちょうど良いってのは、言わなくても分かるよね？　てか、夏休みが終わった時に言わなかった？　テスト勉強した時にも言ったよね？　あとちょっとで文化祭だし、部誌どうしよっかって何度も先生に言ったの、覚えてないの？　あのね、私は美術部の展示もあるの。絵を仕上げなきゃいけないの。掛け持ちしてるの。知ってるでしょ？　先生が負担にならないようにするって言ったから、現文研の部長を引き受けたの。なのに、このタイミングでまだそんな寝惚けたことを口にする了見が残ってるとはどういうこと？　大体さ、先生が部活を作ろうって言い出したんだよ？　白崎君との時間がどうのとかいう下らない理由で。まあね、駄弁る部屋が手に入るって意味では私も賛成だったし、今さら立ち上げの理由を追及するつもりは無いけど、これだけは訊かせて。白崎君と付き合ったからって、どうでも良くなった訳じゃないよね？」と、無表情だけど捷疾鬼も裸足で逃げ出す位の凄みを湛えた目と声で詰って来た。こうなると何を言っても正論パンチを繰り出されるだけ——私に従う以外の選択肢は無い。と云うか、分かってて先延ばしにして来た自覚があるから何も言えなくて仕方無く首肯した……けど、物言わぬは腹ふくるるわざなり。

その、部活がどうのとかは良い。部誌云々も良い。

私が頷いた後の部長の言葉、「それなら刀を納めよう。あ、それと部誌の件だけど、先生は短編小説しか認めないから。というわけで、執筆よろしくろーしゅ」ってのは何？

そう言い置いて部長は美術部に行っちゃったからそれ以上深掘りは出来なかったんだけど、帰宅した今でも全く以て意味不明。てか、よろしくろーしゅが絶妙に苛立たしい。ほんのちょっぴりだけ響きが可愛くて、口にしたくなる感が——そんな事より問題は小説。小説を書くって何？　どうして私が書く流れになっているの？　何を考えて部長はそんな事を？　てか、小説なんて書いた事無いし、書こうと思った事も無いんですけど。どちらかと言えば、小説を書く事に興味があったのは純君じゃない？　文芸部の部誌を読んで羨ましいだとか言ってたじゃん。それなのに、どうして当の本人はワープ航法に関するコラムを書くとか訳分かんない事を言ってるの？　ワープ航法の需要、うちの学校の生徒には無いでしょ。絶対に無い——そもそもだけど、こんな存在も知られて無い部活の部誌に興味ある人間なんて……マープルか。そう云う事ね。純君は部誌を通してマープルと話がしたいんだ。

だったら、SF書いて欲しいな。それなら私も読みたいのに。言ってみようかな。彼女の頼みとあれば、流石に純君だって無視出来ないでしょ？　うん、そうしよ。

よし、試しに小説を書いてみるのは受け入れる——ただし、純君が書いてくれるなら。

私だけが苦しむのは納得いかない。

それに純君も小説を書くなら、執筆を口実に合宿的なイベントも有りじゃない？　編集者の目を盗んで山奥の旅館に籠り、原稿用紙と睨めっこみたいな文豪スタイル……それはそれで楽しそう。純君とお泊まりで旅行したい。夏休み、そう云う事は何にも出来てない。それなりのお出掛けはお祖父ちゃん家に行った位だし、それは毎年恒例の家族行事。

純君とは——デートらしい事と言えば、地元の大きいお祭りに行った。

一昨年は行ったのに、去年は行かなかったお祭り。

一昨年は琉実に誘われて、去年は誘われなかったお祭り——私は邪魔者だったから。

ま、あの人を掻き集めて路地に押し込めたみたいな混沌は地獄だし、最悪電車を使わずに帰れるとは言え、駅前を避けるにしても花火が終わると心太を押し出すみたいに今度はあらゆる路地から人の列がにゅるにゅると這い出して来るし、そんな思いして迄二人のデートに付き合いたくは無い。決して強がりでは無く。てか、下駄だと歩き辛いし。

それはそれとして。お祭りは楽しかった。

正直、懸念もあった――私だけ浴衣をどうのと騒ぐのもあの姉の手前如何なものかと思ったものの、籠球仲間が気を遣ったのか、琉実はそっちから声が掛かっていたみたいだったし、複雑な胸臆はあるにせよ、準備に於いても滞りはなかった。

お祭りで純君と特別何かあったとかは無かったけれど、彼氏をしようとしている純君は必死さが可愛かったし、私の見た目も結構盛れてた――ううん、完璧だった。浴衣で闊歩する周りの女子に負けてないと思った。てか、勝ってたまである。純君の記憶を――邪魔者故に不参加だった昨年のお祭りを上書き出来た自信がある。だから満足してる。

ただ一点、これは夏休み全体を通してでもあるんだけど、特別何も無かった事が不満。

お祭り以外にも出掛けた。沢山喋った。手も繋いだ。以上……以上⁉

せめて――キス位してくれても良くない？

別に私だって、花火の下で彼氏と初めてキスしました的な、浅い妄想を夢とか理想とか云う言葉でラッピングして悦に浸ってそうな女子の好む、手垢が積層した安易で何の捻りも無いシチュエーションは求めてない。てか、ファーストキスはお付き合いする前に済ませておりますので。悪しからず……って、それが逆に良くなかった？　いや、あのGWに私からキスして無かったとしたら、きっと最初のキスに対するハードルはエベレスト並みとは言わずとも、カンチェンジュンガ位の高さになっていたかも知れない。

純君もキスしたいんだろうなって瞬間はあった。

あったんだけど、全部気付かない振りをした。

だって、まずは純君からして欲しいじゃん。

だから、言うなればキスされるの待ち。付き合って初めてのキスは、交際を申し込んだ側からしてくれないと——私も迂遠には申し込んだけど、最終的には純君からだし。

地元のお祭り、結った髪、浴衣から伸びる生脚、焼けたソースの匂い、屋台に並ぶカップル、熱が溜まった夜、喧噪を黙らせる花火の音と光、そして煙に目を細める年頃の男女みたいな文字が並ぶイベントだし、ややもすると手を引かれるが儘、人気の無い神社や公園に連れていかれ、ひと夏の思い出に——みたいな展開すらも顧慮して準備した私の空振り感はどうしてくれるのっ！　前日の夜から身体のコンディション整えて、下着だって気合入れて葛西以来の例のあれに脚を通したってのに——逆にパンティーラインが出た方が良かった？

とは言え、私だって愚かではありませんので。

もちのろん、分かってましたよ？

ええ、純君に限ってそれは無いだろうなって。

でも、お祭りで昂った感情に任せて――って事も可能性としてゼロじゃ無いし、そういう所で初体験を済ませたって話を見聞きした事あるし、純君だって男の子だから興味あるだろうし、可愛い私を見て何時スイッチが入っちゃうか分かんないし、もしそうなった時にああしておけばなどと省察する位なら備えておくのが淑女の嗜みってもんでしょ？

実際、雰囲気は悪くなかった。手を繋ぎ乍ら花火を観て、帰りだってずっと手を繋いだ儘夜道を二人で歩いて、散々喋ってもまだ足りなくて、純君だって帰るのが惜しいって空気を出してた。だから何時もの公園でまだ喋ったりして――絶対に良い雰囲気だった。

はしたないと思いつつ、浴衣の襟合わせを緩めてデコルテの汗を拭ったりもしたし、帰る途中だって腕に抱き着いたし、ボディタッチだってめっちゃした――これだけお膳立てをしてあげたのに、「遅くなって心配掛けるのも良くないから、そろそろ帰ろうか」とか澄まし顔で言って――何でなのっ⁉　ここまでしたんだから流されなさいよっ！

私は一切興味無いけど、純君の為ね。がっかりさせたくないし――徒労だったけど。

でも、会って直ぐ私の浴衣姿を見て、「凄く似合ってる。何時も以上に綺麗だ」って言ってくれたし、お祭り以外で会った時も褒めてくれたから良いって事に――出来るかっ！

ま、幸いにしてまだ付き合って一ヶ月も経ってないし、時間はまだまだあるし、少しずつ慣らして行かないと――おばさん、もう帰って来てるかな？　もしまだだったら、今の内に隣家に侵入した方が良いよね？　とりあえず、連絡を……って、違うっ！

私は小説の話を、部誌に関するあれこれについて言わなきゃだった。

付き合っても、付き合う前でも、考えることばかりで頭が疲れちゃう。連絡する前に練乳を直飲みするレベルで糖分摂らないと、鈴みたいな声でふにゃあとしか言えない身体になってしまう……それはそれで需要有りそうだけど、純君にやってもあしらわれそう。

あしらわれそう？

そんなの、絶対に許さないんだけど――白崎純、許すまじ。

さて、一階で栄養を補給したら、許さない序でに連絡しよ。

んー、どうせなら行っちゃおうかな。良いよね、彼女だし。

「で、どうしたんだ？　わざわざ夕飯前に来たってことは、何かあるんだろ？」

部屋着の純君が頭を掻き乍ら出てきた。流石に制服は脱いでるか――てか、可愛い彼女が折角家に来たって言うのにその言い草は何？　今日は別々に帰ったんだよ？　詰まり、数時間は会って無いんだよ？　普通は嬉しくて堪らないって感じで尻尾を振って出て来るんじゃないの？　挙げ句に、どうしたんだ……？　何かあるんだろ……？　何それ。せめてそこで言うべきは「入れよ」とか「あがれよ」でしょ？

はい、マイナス三百点。地球滅亡へのカウントダウンが始まりました。

「何か無きゃ来ちゃだめなの？」

「そうは言ってないだろ。用事があったのかなって……」

「用事はあるけど、それは良いじゃん。ね、それより純君の部屋行きたい」

「ああ、すまん。ほら、あがれよ」歩み始めようとして、純君が振り返った。「って、僕の部屋なのか？　リビングじゃなくて？」

「リビング？　どうして？　何でリビングに誘導したいの？　もしかして、自室に彼女を入れられない状況って理解で良い？　私に見せられないような品々が散乱していて、純情可憐な私が見たら卒倒する様な酷い有り様だから、地中からモンスターが現れようが、絶対に二階には避難しない決意表明って事で良い？　私と云う者が在りながら哀しくて涙が――」

「分かったよ。じゃあ、僕の部屋な」

「やった」

純君の部屋に入ってまずは――ベッドを占領。陣地構築。ベッドに寝転ぶ事で、純君が眠りに就く時、私を意識するかも知れない――めっちゃ香り付けとこ。タオルケットを引き寄せて、次は枕元の本を調査……やばい、SFの考察本しかない。本当にワープ航法のコラムを書く積もりって事？　どうにかして此処から方向転換をして貰わねば。

「ベッドに寝転ぶの好きだよな」デスクチェアに純君が座る。

「重力に身を任せる方が楽じゃん。人間如き矮小な存在が、惑星の引力と遠心力に抗おうなんて烏滸がましいとは思わない？　それとも、彼氏の部屋に初めて足を踏み入れた彼女感出した方が良かった？　高い声でわざとらしく、男の子の部屋ってこんな感じなんだみたいな」

「そんな反応、求めてないって」

「なら良かった。じゃあ、此処が私のアナザースカイね」

「隣の家は同じ空の下だろ」

「でも、土地の所有権はその土地の上下に及ぶって民法第二〇七条にあるよね？　だとしたら、隣の家の空は別の空としても良いんじゃない？」

「法令の制限内において……それで言うと、航空法第八一条や航空法施行規則第一七四条の最低安全高度、もっと上空だとカーマン・ラインとかに――って、そんな話は良いんだよ」

流石飛行機好き。お父さんの弟子だけある。能くもそんなすらすらと……もしやドローンに興味を持って、調べてる内に欲しくなったとか？　突っ込みとしては詰まんないけど、嫌いじゃない。講釈を垂れつつ返してくれるの、純君っぽくて好き。これで何訳分かんない事言ってるんだ？　とか言われたらもう――そんな人、好きになりませんけど。

「僕のベッドの上の権利は一時的に譲るとして、今日はどうしたんだ？」

「純君も小説書いてよ」

「僕には無理だよ」

「じゃあ、私も書かない」

難しい表情で暫し黙った純君が、顔を上げた。

「……僕は那織の書いた物を読んでみたい」

「私も同じ」

「それを言われると……」

「短いので良いんじゃない？　私だって長い物は書けないと思うし」

「なんか、面白い物を書ける気がしないんだよな」

「大丈夫、右に同じだから。部長に言われたから書くだけだし」ベッドから下りて、純君の脚元にしゃがむ。「何したら書いてくれる？」そう言って、純君の脚に手を置いた。

「那織に何かして欲しいとかじゃなくて――」

「じゃあ、これは単純にお願い。純君も小説を書いて。私は純君の書いた物を読んでみたい。それに――私一人が小説書いてたら、浮かれてるみたいで恥ずかしいじゃん」

「分かったよ」

　これ、抱き着いても良いタイミングだよね？　抱擁チャンスで良い？

「それでこそ私の彼氏。目指せ星新一だね」もういいや、抱き着いちゃえ。

キャスターが床を踏み鳴らした。

「おっと、危なっ……いきなり抱き着くなって。あと、ハードル上げ過ぎ」

睫毛が触れそうな距離で見る純君の虹彩はヴォイジャー一号が写した木星の模様みたいな浮遊感で、きっと手入れなんてしていないだろうに、ともすれば血色が悪いと言われそうな目元の肌は対照的に大理石みたいな硬くてひんやりとした質感を孕んでいる――純君のこう云う所が好きで、だからこそ嫌い。もうちょっと熱っぽくなって欲しい。

「可憐で清楚な慈悲深いヒロインとして出すなら、私をエヌ氏にしても良いよ」

私の目から逃げるようにして、純君が顔を逸らした。「今、笑ったでしょ？」

「笑ってないよ」

「でも、目逸らしたじゃん。こっち向いてよ」

「違っ……その、近いから――」

「近いから、何？」

「なんか……恥ずかしい」

何で照れてるの？　おかしいでしょ。喜ぶべき所じゃないの？　逃げないでよ。ボッサードの法則は嘘だったって事で良いの？　てか、そんなんでこの先やっていけるの？　溜まりに溜まった、私の、この溢れ出る諸々を受け止めてくれないと怒るよ？

全く、女の子に近付かれて恥ずかしいって、そんな童貞みたいな――って童貞だよね。ごめん。配慮が足りませんでした。斯く言う私も定義上は生娘な訳だけど――て言うか、純君に慣れてる感出されても嫌でした。考えただけで一週間は寝込みそう。

あと——そんな事言われると、もっといじめたくなるんですけど。

「好きな女の子に近付かれたら、普通は嬉しがるでしょ」

「嬉しくないとかではなくて……こう、いきなり来られるとこっちも心構えが……」

「あの砂浜で、僕の方が早くから好きだったって言ってたよね？　私よりも長い時間、私を好きだったって事でしょ？　それに、付き合って欲しいって言ったのは純君だよね？　まだ心の準備が出来ないの？　あとどれ位待てば良いの？」

「なんでそんな一字一句まで覚えてるんだよ……思い出さなくていいって」

「何言ってるの？　忘れる訳無いじゃん」

性格の悪い友人と読んだ本の一節でやり合う位には記憶力良いんだよ？　長らく好きだった男の子から告白された言葉を脳に刻む事位容易いに決まってるじゃん。それに——私には部長から分捕った証拠動画もあるんだからね？　恥ずかしいから見返さないし言わないけど。

「私がずっと待ってた言葉だもん。何度でも言って欲しい。スマホのアラームにしたら、一回で起きられるかも……そうだっ！　そうしよう！　二分刻みスヌーズからの卒業だ！」

「嫌だよ。それは勘弁してくれ。ってか、二分刻みは短すぎないか？」

「あ、話逸らした」

「そんなつもりじゃ……」

「はぁ、純君にはもうがっかりだよ。朝が苦手な彼女の為に一肌脱いでやろうって心意気は無いんだね。私が寝坊すれば良いと思ってるんだ。そっか、純君は、私が遅刻ばかりする様になって、気付けばそのまま学校を休みがちになって出席日数が足りなくなって留年すれば良いと思ってるんだ？　それで一個下の人達と同級生になって周りから絶妙に距離を置かれてクラスに馴染めなくなれば良いと思ってるって事なんだ？　孤独感に圧し潰されて結局学校を辞めて繁華街を彷徨う様になれば良いと思ってるんだね？」

「思って無いって。どんだけネガティブなんだよ。朝、電話するよ。それじゃダメか？」

「モーニングコール？」

「ああ。それなら良いだろ？」

良いけど。悪くないけど――ちょっと癪。「一肌脱ぐって言うか、上着を脱いだ位の提案だね……じゃあ、こうしようっ！　今此処で服を脱いで。それで手打ちにしようっ！」

「バカ言うな。モーニングコールはする。それで良いだろ？」

「もう、照れちゃって。ほら、こういうのは勢いって言うじゃん」

男の子の部屋に可愛くて優しい聡明な年頃の彼女。彼氏の両親は不在。えっちな漫画だったら、もう完全に致してますね。彼氏のえっちな本とかグッズを見付けて、〇〇くんもこういうのに興味があるの？　とか言ったりしてる内に男の子の方が本気になっちゃって、待って、今日はまだシャワー浴びてないからみたいな事を言うんだけど、もう止められなくて結局そのままの流れで――もしかして、シャワー浴びて来るべきだった？

　てか、実際問題、世の男女はどういう流れでそう云う事になるの？　映画だとドア開けていきなりとかあるし、学生が主人公の小説だと数行でさらっと終わって行為後の描写に重きが置かれてる事が多いし、少女漫画だと男の子から襲われ気味にとかで基本は表情がメインだし、TLとか性愛を描いた物だと瞬間的に発情して、最中のねっとりした描写が主だったりして――もっとこう、私達はこうして初体験を迎えました的な物が読みたいし、観たい。やっぱ、ネット上でも良いから体験談を漁るべき？

　そうっ！　体験談と言えばっ！

　色々見たけど、どんだけ痛いの？　感想が区々過ぎない？　人によってばらばらだし痛さも抽象的で、生きてて一番痛かったって人から何とも無かった、何なら気持ち良かったって人まで広範過ぎるでしょ。あと、血も出たり出なかったり……その点については、その、私も興味本位とは言え調子に乗って色々と試してみた事もあったりする訳で、個人差案件なのは分かってるし純君がそんな勘違いするとは思えないけど、初めてじゃないみたいに思われたら心外極まりない――とか言ってるとどんだけ興味があるんだと言われそうだけど、興味はめっちゃあるし、気になるんだからどうしようもない。

　初めて意識したのは、映画のワンシーンだった。男女が裸でベッドに寝る意味が分からなかった。幾ら私だってそう云う時分はあった――けど、親に尋ねる様な真似はしなかった。仮に訊いたとしても、うちの両親は説明してくれたと思う。自分の親ながら、両親のそう云う所は評価している。子供染みた喧嘩位はするけど、私達の前でお互いの存在を否定する様な言い争いはしないし、良い意味で二人ともその辺はドライって言うか、諍いの納め所を心得てる感じがする。仲が悪い訳でも無く、性の匂いを感じさせる様な親密さは子供の前で見せない。でも、知らない振りはしないし隠したりもしなかった。だから、訊けば懇切丁寧に教えてくれただろう——ただ、私には必要無かった。

私には本があった。資料があった。

生き物図鑑とかナショナルジオグラフィックを観れば、生物は交尾して子孫を増やすって子供の私でも分かるし、そうするとあれは人間の生殖行為だったんだって気付くまで時間は掛かんなかった。そう、総ての元凶たる知の泉が我が家には湧いていた。だから——知的好奇心の赴く儘、お父さんの本棚にあったフーコーの『性の歴史』とかエリスの『性の心理』を手に取ったり、『ファニー・ヒル』とか『チャタレイ夫人の恋人』、『O嬢の物語』、『赤い帽子の女』や相対会がどうのとか、キンゼイ・リポートがどうのとか団鬼六がとか、親の目を盗んで片っ端からそれっぽい本やら映画に触れ回った。ただ『愛のコリーダ』に手を出したのは早計だった。夢に茹で卵が出て来て、軽い気持ちで観た事を反省した——って、それは一旦脇に置いておくとして、当時の私にもいけない物を見ているんだって云う罪悪感や背徳感はあった。その手の本は必ず高い位置や目立たない場所に置いてあったし、見られない様に隠してあるんだなって子供なりに理解した——今にして思えば、それを見付ける愉しさと隠れてえっちな物を見る昂ぶりが綯い交ぜになっていたのかも知れない。親に隠れて、琉実に隠れて、私は読み耽った。幼い頃、無意識にやっていた事の意味も分かった――口外しなくて本当に良かった。

要約するならば、学校で性教育を受ける頃にはそれなりの知識を持ってたし、自分の身体に対する理解もありました。だから、幼い好奇心で「男の子の身体ってどうなってるの？」なんて純君に言った事も無いし――無かったっけ？　うん、きっと無いし、古典だけじゃなく現代物だって沢山読んでるし、ちゃんと情報のアップデートもしてる。部長はすぐ私を淫乱だとか万年発情期みたいに言うけど、中学生辺りで性に目覚めてお手軽なポルノで何かを学んだ気になってる男子と一緒にして貰っちゃ困る。

こっちは生物学的な話から芸術分野まで触れて来たんだ――兎に角、知識ならある。

だからあとは……己の身体で試すしかない。実践あるのみ。

まぁ、うん。はっきり言えば、してみたい。興味しかない。

なのに――私の彼氏と来たら、「ちょっと飲み物取って来るから」とか言って、愛しの彼女をほかして部屋を出て行ってしまった。なんか、私だけ盛り上がってる感が物凄く寂しいと云うか、孤独を煽って来るんですけど。純君だって、興味あるよね？　アセクシャルと言われたら私も考えるけど、今迄を思い返してみても、興味無くは無いと思うんだよね。

一緒に寝た時、「僕だって我慢には限界があるんだ」って言ってたし。

それって我慢する何かがあるって事でしょ？

正式に交際している今、何も障壁は無いんだけどなぁ。まぁ、純君がその手の事に積極的で無いのは好意的に受け止める事も出来なくは無いんだけど。教授みたいに露骨な言動は無かったし、だからこそ安心出来る関係だったってのは正直ある。小さい頃からずっと……が故に、付き合った以上女子としては逆に不満もある訳で——別にロマンチストを気取る積もりは無いけど、初めて好きになった男の子とそう云う事をしたいって普通の感覚だよね？

私がえろいとかえろく無いとかは別にして——まぁ、性欲は強いと思うけど。って、私の性欲云々より純君がどう考えているか——幾ら何でも遅くない？

とりあえず、定位置に戻るとしますか。

（白崎純）

頭を冷やそうとリビングに逃げて来たが——日増しにスキンシップの多くなる那織にどう接すれば良いのか。望んでいることは分かる……が、それはまだ早いという気持ちが強い。大人ぶって居ても、所詮僕等は十六歳の子供だ。リスクが伴う以上、安易にするべきでは無いと考えているのに、流されそうな瞬間があるのも事実。そんな時、那織の望む様にした方が良いのでは等と思う自分も居て、それは自分の情欲に向き合わず言い訳をしているに過ぎないことも自覚している——僕だって興味が無い訳じゃ無いし、那織とそうなる想像だってした事があるからこそ、その度に僕は自分が嫌になる。

はっきり言ってしまえば、那織とそうなりたいと云う気持ちはある。その一方で恐怖も感じている。避妊等々もだが、一線を越えてしまうと何かが変わってしまうんじゃないか、勢いとか雰囲気に流されて後悔しないだろうかみたいな茫漠とした不安がある。

この手の感情に、皆はどう折り合いを付けて付き合っているんだろう。

琉実と付き合っている時は、何処か他人事として捉えていた部分があった。正面から向き合っていないという意味で言うならば、きっと僕はちゃんと恋愛をしていなかった。慕ってくれる女の子と付き合って、彼女を好きになって――それだけで良いと思っていた。あとは時間経過と共に変わっていければくらいに考えていた。中学生同士の付き合いはそんなものだろうと勝手に決め付けていた。積極的に行動を起こすことに恥ずかしさや照れもあった――そんな気持ちは改めなければいけないと思っているが……上手くいかない。

誰よりも話が合って、一緒に居て楽しい。でも、僕等はもう友達じゃない。

那織は女の子として魅力的で、僕は彼女のことが好きだ――だから告白した。ずっと一緒に居たいと思っている。触れ合いたいという気持ちもある。

ああ、そうか。僕はきっと、冷静で居たいだけなんだ。

のめり込みそうになる自分を、必死に抑えているんだ。

ただ、愛情表現に満ちた自分の姿を想像すると、それはそれでキツい。歯の浮く様な言葉をさらりと言えるビジョンが現実と乖離し過ぎている。イメージのベースがアメリカのホームドラマだからか？　もう少し抑えた感じなら――こればかりは少しずつ慣らしていくしかないよな。いずれにしても、ちゃんと那織と向き合って話さないと……私としてはのめり込んで欲しいんだけどとか言われそうだ。言われそう？　もう、言われてるか。

ま、言われてたとしても、そもそも那織しか見えていないんだが。

恐らく僕は、那織が大好きでとても大切で今が幸せだからこそ、怖いのだろう。

冷蔵庫の中にあったゼリーと飲み物を持って自分の部屋に戻ると、ベッドの上で此方に背を向けて那織が丸まっていた――スカートの裾が際どい位置まで捲れているのを視界に入れないように気を付けつつ、「すまん、待たせた」と声を掛けた。

返事が無い所を見ると、眠ってしまったのだろうか。名前を呼んでみるが、反応は無い。那織の足下にあるタオルケットを引き上げ、お腹の辺りまで掛けた。余計なことをして起こさなかっただろうかと上から顔を覗き込むと、枕を抱いて安らかな顔で眠っていた。解いた髪の掛かった頬から口に続く曲面には昔と変わらない幼さが思い出みたいに残っていて、普段の言動を微塵も感じさせない寝顔は素直に可愛いと思った。ずっと見ていられると思った。

「こうして寝ている姿も本当に可愛いよな」

さて、勢いで小説を書くなんていっちゃったけど、どうやって書けば良いんだ？　まずは、短編を幾つか参考に読み返してみるか――目に留まったのは、凡そ参考にはならないだろう小説だった。椅子に座り、持って来た紅茶を飲もうとした時だった。

背後で大きい溜め息がした。

起きてたのかと慌てて振り返ると、那織が寝返りを打った。眉間に皺を寄せていていて――ばっちりと目が合った。そして、ゆっくりと唇が動いた。「嘘でしょ？」

「もしかして起こした――」

「起きてる時には言ってくれない可愛いを寝顔に投げ付けたら、次は読書？　しかも『老いたる霊長類への賛歌』ときた。ヒューストンには聞こえるか訊くのに、私には伝わったか確認しないんだね。三〇〇年位寝ていた方が良かった？」

「これは、短編の参考にと思って……って言うか、ずっと起きてたのか？」

「うん。寝てない。目を閉じてただけ」

「なんでそんな――」

「うとうとしてたのは本当。でも、純君が可愛いとか言うから、完全に目が覚めた」

うとうとしていたというのは本当だろう。ぱさついた毛先を手櫛で直している那織の目は眦に眠気を漂わせていて、アンニュイな雰囲気の所為か色っぽく見える。

「ごめん。寝ている那織を見てたら、口から出てた」

「私は寝て無きゃ可愛くないの？」

「そんなわけないだろ……那織は何時だって、可愛いよ」

言うなら今しか無いと思った。このタイミングを逃すと、きっと言えない。

「何処が？　って質問攻めにしたいけど、とりあえず受け取っておく――ね、こっち来て読まない？　あと、何か本取って。私も読む」

「希望は？」

「私もアリス・ブラッドリー・シェルドンにしようかな」

「本名で言うなよ」立ち上がり『愛はさだめ、さだめは死』を手に取る。「これで良いか？」

「そしてわたしは失われた道をたどり、この場所を見いだした……このベッドの上はクライヴォーン山の頂って事ね。純君は私を置き去りになんてしないよね？」

「しないよ。那織を一人で行かせたりもしない」

「泣けるね」

　那織の隣に座り、本を手渡す。那織がぱらぱらと頁を捲った。

「部誌に小説を載せる時は、ジェイムズ・ティプトリー・ジュニアに肖って私も男の名前にしようかな。めっちゃ強そうな感じの。一層の事、めっちゃ暴力的な小説書こうかな」

「ノワールとか犯罪小説好きだもんな。でも、部誌でバイオレンス小説って良いのか？」

「ダメな理由は？　高校生に相応しくないとか言い出す気？」

「うん、まぁ、そんな事も無いか。何書こうが自由だよな」

「でしょ？　セックス、ドラッグ、バイオレンスみたいなの書いてやる」

「おい、とんでもなく高校生に相応しくない気がしてきたぞ」

「DEAの潜入捜査官が麻薬組織を捜査するんだけど、なんやかんやで抗争に巻き込まれて、みたいなのはどう？　それで、抗争の際に組織の人間に命を助けられちゃって、でも任務としてその売人も逮捕しなきゃいけない的な。で、その売人と抗争から逃げる途中で寄ったモーテルで、娼婦を呼ぶの。逃げ切れたお祝いにって。でも、その娼婦は売人の客で、実は売人が主人公の事を疑っていてハニートラップを仕掛けられていた……ってのはどう？　王道っちゃ王道だけど。小説書いた事無いし、まずはベタで良いよね？」

「普通に面白そうだし読んでみたい。ただ、部誌に載せる処女作がそれで――いや、那織っぽいわ。依田先生が良いと言うかは別にして、僕は読みたい」

「純君がそこまで言うなら――何となくだけど、書けそうな気がして来た」

「それは良かった」あとは、自分の小説をどうするか……だな。

「じゃあ、取材がてら今から――しちゃう？」

まさかとは思いつつ――「何を？」

「薬物は犯罪だし、暴力は痛そうだから嫌。となれば残るのは一つしかないでしょ。あ、もしかして本当は気付いてるけど、知らない振りして私に言わせようって魂胆？」

誘い方が斬新過ぎるだろ――まぁ、流れ的に冗談なのは分かる。

「何でだよ……それなんだけど、僕等にはまだ早くないか？」

だが、話しておくには良いチャンスだと思った。

「その心は？」

意外といった風でも無く、素直な疑問を口にした、那織の表情はそんな感じだった。

「まだ付き合って一ヶ月ちょっとだろ。もう少しゆっくりで良いと思うんだ」

「それは、興味が無いとかしたくないとかって意味では無く？」

「ああ。ただ、準備というか心構えというか、急ぐ必要は無いって思うんだ」

「純君って、そう云う所あるよね。時間の経過と共に物事は最適なタイミングで変化する、みたいな考え方——何か、私だけが盛り上がってるみたいで嫌だな」

前を向いたままそう言って、那織が僕の肩に頭を預けた。

「そんな事は無いって。僕だって、十分盛り上がってる」

横を向くと、那織と目が合った。

どちらからでも無く、それはただ雰囲気だった——僕等は唇を重ねた。

長い間、誰に邪魔されることなく、互いの呼吸が交わって一緒になる。

ベッドに倒れ、固く抱き合ったまま、指先は那織の体熱を感じている。

那織が脚を絡め、僕の腕は女の子の身体の華奢さと確からしさを知る。

抱擁で得られる多幸感は有性生殖の軛に抗う生物の抵抗かも知れない。

なんて——そんなことを考えてしまうくらい、僕は舞い上がっていた。

でも、今はそれで十分だと思った。

※　※　※

（神宮寺琉実）

そろそろ幸魂祭の準備を本格的にしなくちゃいけなくて、全体的な準備もなんだけど、まずはクラスの企画を決めないと。うちのクラスの実行委員は森脇とのどかの二人で、わたしと瑞真も学級委員として連携して進めなきゃってところ——のどかとは仲良いし、まぁ、森脇も知ってるっちゃ知ってるしでいいんだけど、瑞真との距離感は未だに摑めないでいる。話さないとかじゃないし、夏休みの間も会話はしてた。ただ、純とのことがあったから余計に、瑞真に自分を重ねる部分があったりして、瑞真は普通に話してくるんだけど、わたしなんてこの前、ようやく純に話し掛けたみたいな状態だったから、もしかして瑞真も色々と思うところがあったりしたのかなって、余計なことを考えちゃったりする。

当の純はと言えば、隣の席の岩下と喋っていて——実行委員が森脇じゃなくて純だったらもうちょっと絡む切っ掛けとかになったかもとか思っちゃったりしなくもないんだけど、純はそういうのは積極的に手を挙げるタイプじゃないし、お祭り好きって意味だと森脇はお似合いかも。のどかもそうだし。

お祭りと言えば、今年は純と那織は二人で行ったっぽくて、それは当然そうなんだろうってわかるし、だからどうとかじゃないんだけど、準備してる時の那織が生き生きしてて、淡々としてるのにはしゃいでるのが伝わってきて、姉のわたしから見てもバッチリ決まった那織はカワイイなって思った。だから、家を出る時間をわざとずらして、純に会わないようにして、でもちょっと気になって家を出た那織をカーテンの隙間から盗み見た——純と何か会話して二人で歩いていく姿を見て、すっごく後悔した。見なきゃよかったって。

「琉実は何か案ある?」

瑞真に声を掛けられ、一気に現実に戻された。

「ごめん、ちょっと聞いてなかったかも……なんだっけ?」

「おいおい、学級委員様がぼーっとしてちゃ困るぜっ」

「いちいちうるさい。森脇はちょっと黙ってて。今、うちらもひとつずつ案出そうってなってんだけど、琉実はなんかある? クラス企画のテーマ」

のどかがノリノリで茶化してくる森脇を黙らせて、補足説明してくれた——けど、ちょっと考えごとしてたから案って言われても……これは完全に聞いてなかったわたしが悪いし、何か言わないとマズいよね……「夏祭り、とか」

何にも思い浮かばなくて、咄嗟に出たのがそれだった……完全にお祭りのことを考えてたからなんだけど、わたしがそう言ったら、森脇とかのどかが「それ、普通にアリじゃね？」「うん、めっちゃイイと思う」とか言い出して、瑞真が板書すると教室内でも「今まで挙がった中じゃ結構よくない？」とか「色々できそうだよね」みたいに盛り上がり始めちゃって、そのまま投票する流れになって、最終的にわたしの案に決まってしまった。

え？　わたしのめっちゃ適当なつぶやきが採用されちゃったって思ったけど、こうなったらもう——わたしは叶わなかった今年の夏祭りを、せめてクラスの展示だけでいいから、純と楽しみたいって決めた。

だから、みんなに聞こえる声で、「ねぇ、みんなで浴衣着るってのはどう？　楽しそうじゃない？」って問い掛けた。浴衣を着たら、クラスTシャツ作っても目立たなくなっちゃうってのも考えたけど——もう純と二人でお祭りを楽しむことは絶対に叶わないから、小さなこの教室の中でだけでいいから、最後に純と浴衣を着て気分だけでも味わいたいって思った。めっちゃ自分の願望百パーセントでごめんって心の中で謝りながら。

でも、みんなも口々に「浴衣着たいっ！」とか「それはマジでヤバい」「普通に天才」って感じで盛り上がってくれて、のどかがバレー部仕込みのよく通る声で「琉実の意見に賛成なんだけど、みんなはどう？　いいよね？　着たいよね？」ってまとめてくれて、そこから展示の内容を決めるんだけど、いい具合に教室が温まってきたおかげか、「夏祭りがテーマなら、屋台やりたくない？」「じゃあたこ焼きやろ」「だから、一年は食べ物系できないってさっきゆってたじゃん」「射的とかヨーヨー釣りみたいなのだったら、簡単にできそうじゃない？」みたいに話がどんどん広がって、あちこちから案がバンバン出てきた。

「なんとか決まりそうだな」瑞真がこっちを向いて軽く笑った。

「うん。そうだね……ね、夏祭りをやるなら、窓に花火の絵を描いて、こう上手くステンドグラスみたいに出来たりしないかな？　教室暗くして、外の光が入るみたいな感じで」

みたいな感じでわたしも言い出した人間として案を出したりして、教室中が一体になった感じで盛り上がって、のどかや瑞真が横からさくさくっと意見をまとめてくれて、話し合いはあっという間に終わった。こういうときのまとまりやノリの良さは、うちのクラスの良いところだなって思う。

これで、文化祭までの間、準備と部活でバタバタになる――きっとこれで良いんだ。

中等部の頃、高等部の学祭が羨ましかった。豪華で、華やかで、楽しそうで――校舎が離れているからなのか、中高一貫なのに学祭は合同じゃなかったし、離れたところから聞こえるお祭り感に、わたしは憧れていた――それに、これはわたしと純の最後のお祭り。

学級委員としてはもちろんだけど、純を好きになったわたしとして、純と初めて付き合ったわたしとして、純に振られたわたしとして――絶対に頑張ろうって決めた。

（神宮寺那織）

※　※　※

「白崎君達のクラス、出し物は決まった？」

「ああ、決まったよ。亀嵩のクラスは決まったのか？」

部室で読書をする傍らで、部長と純君が話して居る。なんと平和な放課後。きっと今のこの部室には bellum omnium contra omnes はない。争いも妬みも嫉みも無い、人類が目指すべき理想郷——私はそこで本を読む。これこそが文化的営みの極み。

「決まったよ。先生が、『愚かな民衆共はどうして斯くも稚拙な論議に時間を割きたがるのか。文化祭の出し物等如何に手間を掛けず其れなりの物を提示出来るかでしか無い。さすれば、己が知力を披歴するだけで良いのでは無いか。君達は特進の人間だろう？　詰まり、我がクラスの出し物は脱出ゲームにすれば良い』なんて偉ぶって発言し始めて、もう有無を言わさず脱出ゲームに決まり」

「は⁉　言って無くないっ⁉」

万人は万人に対して敵でした。

「私が脱出ゲーム的な謎解きとかで良いんじゃない？　適当に飾り付けすれば終わりそうだし

って呟いたのを、勝手に手を挙げて『神宮寺さんが脱出ゲームにしたら良いんじゃ無いですかって言ってます！　脱出ゲームならお化け屋敷とかみたいに大掛かりな準備をしなくて済むし、タイパが良いって言ってるんですが、どうですか？』って部長が言ったんじゃん。私は手すら挙げてないし、あんな話し合いには参加したくなかったのに、無理矢理壇上に引き摺り出す様な事してさ。ほんと迷惑」

「でも、採用されたんだろ？　なら良かったじゃないか。発案者として、那織もゲームの内容を考えるのか？」

「いや、私は——」

「もちろんだよ、白崎君。先生が音頭を取らなくて、誰が取るの？　先生はこう言うけど、そのあとはもう先生が色んなアイディアを出しては採用されってな感じで、完全にあの場を掌握してて、まさに先生の独擅場、オン・ステージだったよ」

「盛らないでよ。全然そんなんじゃ無かったでしょ。こっちは話したくないのに、部長が間に入って『先生、実行委員がああ言ってますがどうですか？　異論があればわたくしめがお伝えいたします故、忌憚無きご意見を』とか言って、一人で楽しんじゃってさ。超迷惑だったんだからね。大体脱出ゲームって何？　何から脱出するの？　参加者は監禁されてるの？　謎が解けないと娑婆には出られないの？　日本国はいつから監禁罪が適用されなくなったの？」

「先生が言ったんじゃん。これで先生も、私は関係無いからあとはよろしくって言えなくなっちゃったね。どうせ、文化祭には関与しない腹積もりだったんでしょ？」

「当たり前じゃん。そんな面倒そうな事……てか、純君からも言ってよ。部長が余計な事するから、実行委員から『さっき神宮寺さんが出してくれたアイディアをベースに、大まかな流れを組み立てて貰っても良いかな？　それを下敷きに皆で話し合おうと思うんだけど……』とか言われたんだよ？　有り得なくない？　他力本願が過ぎるでしょ？　実行委員なんだから上げ膳据え膳じゃなくて自分達でも考えてよって思うじゃん」

「それは那織の言うことも――」

「白崎君、騙されないで。先生は、『その流れだと殺された生徒との整合性が取れないかも知れないから、こっちの方が』とか『最初から教室を使ってアイテムを手に入れるタイプの謎にしちゃうと動線の処理が面倒だから、初めは簡単な謎を多めにして解く時間をバラけさせた方が良いかも』みたいに、ノリノリでアイディア出しまくって、結局自分主導で進めてたんだからね。そりゃ、実行委員の山本君だって先生にお願いしたくなっちゃうでしょ？」

　この小悪魔をどう処してやろうかと考えていると、苦笑している純君が目に入った。

「何笑ってるの？」

「上手くやれてるようで安心したよ」

「白崎君の言う通り。先生が余りにも他の人の意見を排除しすぎると良くないなってフォローに入る準備してたんだけど、先生が自分から『教室を使う系のギミックに関しては、私じゃ思い付かないから皆で決めて欲しい』って言い出すし、衣装とか飾り付けに関しては『私は分からないから得意な人が担当した方が良い』なんて一切口を挟まなかったんだよ。ああ、内弁慶で仲良くない人の前では縮こまっちゃう先生が、そりゃ確かに小声だったし、実行委員とか私に対してだけ言ってる節はあったけれど、それにしたって先生がこんな積極的に意見するなんて、しかも学校行事に対して自分の考えを表明出来るなんて……胸が一杯だよ。先生が大人になってしまったっていう寂しさも少なからずあったけどね」

「あーもーうるさいうるさいっ！　嫌がる人間を無理矢理表に引っ張り出したんだから、ちゃんとメンタル面の世話もしてよ。何で後ろから刺す様な真似するのっ？」

「刺すなんて外聞の悪い……私は褒めてるんだよ？」

「褒めてないっ！　莫迦にしかされてないっ！　純君もそう思うでしょ？」

「褒めてる部分もあり、馬鹿にしてる部分もありって所だな。でも、意外だったよ。那織は学校行事に対してもっと後ろ向きかと思っていたから」

「その親目線は何？　自分だってそんなに積極的なタイプじゃないでしょ？」

「否定はしないけど、協力的ではあるつもりだよ。意見だって出すし」

「嘘」

「嘘じゃないって。そろそろ来るだろうし、教授にも訊いてみてくれよ」

「琉実が学級委員だからじゃなくて？」

あ——っ！　勢いに任せて余計な事言っちゃった。

「そうじゃないって」

否定した純君の双眸には戸惑いが宿っていた——分かっているのに、私は地雷を踏んでしまった。意見が出なくて琉実が困っていたら、きっと純君は手を挙げる。そんなの考える迄も無い。仮令二人の間に気不味さが横たわっていようとも——琉実と家族である私は、気疎さを無理して飲み込む必要は無い。姉妹喧嘩をした時と変わらず、いずれ時間が解決するであろう事を肌で知っている。でも、純君はそうじゃない。どんなに仲が良かろうと、親同士が繋がって居ようと、関わりを止めた瞬間からその距離はどんどん離れていく。そして其れを、純君は望んでいない——望んで居ないからこそ、ずっと懊悩の渦に飲まれていた。

其の事について、私はどう考えているんだろう。

三人で昔みたいに仲良くなんてのは、今となっては幻想だと思っている——だからこそ、そうならない様にずっと避けて来た。でも、避けられないって分かったから行動した。大人しく気持ちに従った——各般の策を弄したのは事実だけれど、総てはずっと変わらずに純君を好きだったから。其の気持ちに嘘は無かったし、打算や合従連衡で恋愛してた訳じゃない。勿論、琉実だってそうだろうし、純君だってそうだった——だから、こうなった。

今の状況は、皆が自分の素直な気持ちに従った結果。

其れを踏まえて自分の心胸に質すなら——私は嫌だ。以前の膠着状態とも呼べる状況が心地好かったのは知っている。大切にしていたと言い換えても良い。愛着すら抱いて居た。でも其れは、全員が我慢して居たからだ。あの関係を維持する為に枢要だった物を精確に認識する必要がある。自分の感情を押し殺した結果、見掛け上は情意統合出来ていただけ——あの頃に戻れない今、純君が私に好意を告げた今、琉実と純君が仲良くするのは、業腹とは言わない迄もやもやする。私は嫌だ。だって、あの二人にあるのは男女の友情だけじゃない。

琉実に未練と云う名の好意がある以上其れは我慢しなきゃ成り立たない関係で、言ってしまえば唯の贋でしかない。登場人物全員が我慢して成り立っていた関係と、一人が我慢して成り立つ関係は本質的に違う——私だったら、隙があればって思っちゃう。

でも……私は何もしなかった。

そうか、私はしなかったんだ。

純君と琉実が付き合って居た時——私は純君と友人だった。

純君が私と話すのを、琉実は止めなかった。私と仲良く喋る純君の姿に焦りを覚えて告白した琉実からすれば、嫌だったに決まっている。自分が好かれているのか確信が持てぬ状況で、初恋の相手と心安くする彼氏に何も感じない訳が無い。でも、琉実は私に釘を刺したりしなかった——詰まり、一人だけが我慢して成り立っていたんじゃない。琉実が何も言わなかったから、私は昔と変わらず純君と友達を続けられたんだ。

そんな昔の事、忘れてたよ。

「白崎君だって、琉実ちゃんを邪険には出来ないよねぇ？」

部長が純君に助け舟を出した——大丈夫。私は総てを理解し、万物を掌握した。続けて何か言いたそうにしている部長を手で制して、純君に向き直る。これは私なりの仁義だ。

「琉実が困ってたら、助けてあげて」

「ああ。分かった」

でも——「ただし、告白した相手は誰なのかを常に意識してね」これくらいは言わせて。

「もちろんだ。那織、ありがとう」

部長がこれ見よがしに長い溜め息を吐いた。「はぁぁぁぁ」

「何？ 言いたい事でもあるの？」

「琉実ちゃんとは喋らないでって言い出すかと思って、冷や冷やした」

「言う訳無いでしょ」

「いやぁ、わたくし、先生のことを見誤っておりやした。先生と言えば、面倒臭くて理屈っぽくて私欲の為なら家族すら敵に回して気に入らない物は延々とディスって、自分の思い通りにならないと癇癪を起こす、自分を中心に世界が回っていると勘違いしているタイプなのだとばっかり……それがまさか、琉実ちゃんを助けてあげてだなんて……」

うっっっっっっっっっっっっっっっっっざっっっっっっっっっっ。

人の事を煩悩塗れ呼ばわりしてっ！　何なのっ？　貪欲、瞋恚、愚痴は心の三毒とでも説法する積もり？　超うるさいっ！　自分だって頭蓋の中は煩悩で満たされてる癖に。

「ね、純君。きっと部長は今から美術部に行って展示用の絵を描かなきゃだろうし、私達もやらなきゃいけない事あるし、今日は部活無しで良いよね？　もう帰ろっか」

「まぁまぁ、先生、ここは落ち着いて下さいまし。ほら、白崎君からも――」

何で純君を味方にしようとしてるのっ⁉

「てか、純君って、私が部長にいじめられてても止めてくれないよね？」

猜疑と懐疑と大疑が混淆した不信感溢れる目で純君を咎めると、「今のっていじめられてたのか？　てっきり、平常通りのコミュニケーションかと思っていたんだが」と、見当違いも甚だしい事を口にした。「どう見たって、私が一方的にやられてるじゃんっ！　恫疑虚喝されてたとしか感じないんだけど。はぁ、この部屋に味方は居ないのか……しかも、まだ付き合って幾許も経っていない恋人にすら見放されちゃった……きっと私の価値なんてシリコンウェーハ位しか無いって事だよね。超可哀想なんだけど」

「はいはい、先生の自己肯定感が尋常じゃない程に高いのはよく分かりました。で、白崎君、シリコンウェーハって何？　先生のことだから、どうせ超重要な物なんでしょ？」

「半導体を作るのに欠かせない材料——現代に於いて無価値とは程遠い物だな……しかし、そこは普通に金銀宝石やレアメタルの類いで例えて来るかと思った」

「私に対する解像度、低いんじゃない？」寧ろ、純君に寄せてあげたんだけど。

「そう言えばっ！」部長が突然手を叩いた。

「いきなり何っ！　びっくりさせないでよっ！」

「ごめんごめん。いやね、彼氏を名乗るで思ったんだけど、二人はお互いのご両親に付き合ってることは伝えるのかなって。言わない派？　それとも言う派？」

「伝えたよ」純君が口を開き、私も答える。「うん。言った」

「そっか。何か言ってた？」

「別に普通だった。純君のとこもそうだったんでしょ？」

「ああ」

示し合わせた訳じゃ無かったけど、この場は当たり障りの無い感じで収めた。

本当はちょっとだけ違う——純君はおばさんから「それは良かったわね。那織ちゃんを悲しませないようにするのよ」と言われたあとに、「琉実ちゃんとも話してるのよね？」と訊かれている。私達の関係性からすれば、普通と言えば普通なんだけど。

二人の会話に立ち会った訳では無いから、委曲は把捉していない。でも、凡その想像は出来る。おばさんの言葉の裏には、両家の人的情報と経験及び観測に基く情報構築がある。純君と琉実の過去の関係があり、琉実の気持ちがある——おばさんが私の味方になってくれるように、おばさんは琉実の味方でもある。全く、どんな前世を送って来たのか問い質したくなる因果な関係ですこと——前世なんて知らないけど。信じてないし。

しぶとく居座る夏溜まりを避ける帰り道、役目を終えようと支度を始める太陽から隠れるみたいに、私と純君は公園の四阿に避難するのが日課となっている——琉実が逢い引きに使っていた場所だけど、急げば直ぐ家に着く距離と云う安心感と程よく木々に囲まれた視界の悪さが確かに丁度良くて、結局私も此処を使ってしまう。同一生活圏の悲しき現実。

「真夏だった頃に比べて、ほんの少し虫の声が高くなった気がする。セミもアブラゼミじゃ無くて、この鳴き方はツクツクボウシだよな？」

「じゃない？　てか、つくつく法師って冷静に考えると超変な名前だよね。鳴き声由来？」

純君がスマホを取り出す。「鳴き声由来みたいだ」

「寒蟬って言うと、ヒグラシも含まれるんだっけ？」

「うん、そうみたいだな……しかし、もう九月も折り返しを過ぎたのにまだまだ暑いな」

「早くちゃんとした秋になって欲しいよね。文化祭の頃にはもうちょっと涼しくなる？」

「なってくれないと耐えられないよ。なぁ、さっき部室でクラス展示は脱出ゲームって言ってたけど、もうどんな謎にするとか考えているのか？」

　子供たちが砂を持ち込んで遊んだのか、四阿のコンクリートの上に砂が溜まっている。爪先で小さな砂山を崩して均す。薄く広げ乍ら何となく丸い線を幾つも描いてみる。

「あ、もしかしてミステリ好きの血が騒いでる？」

「だって、那織が考える謎解きだろ？　興味あるに決まってる」

「それは良かった。脱出ゲームって云うか、物語はシンプルな謎解きになりそうだけどね。クラスの反応的に。殺人犯を探せとかそれ系かな——てか、正直に言っちゃうと脱出ゲームってよく知らないんだよね。やったことも無いし」

「言われてみれば、僕も自分で行ったことは無いな。今度、行ってみないか？」

「取材がてら？　でも、行ってる余裕無さそうじゃない？　早々に骨子を作らないと後の工程が大変そうだし、今回は適当に雰囲気だけ調べて——でも、落ち着いたら行ってみたい」

「そうだな。是非とも行こう」

　私が興味を持ってるのが嬉しくて堪らない、そんな空気が純君の全身から溢れている。現時点では其処迄惹かれてないけど、純君の誘いを捨て置くのも気が引ける。喜んでる純君に応えたいし、ま、自分で作ってみたら興味が湧くかもだし。

「ちなみに、どんな話にするのかは決まってるのか？」

「まだ詳細は決まって無いけど、教えない。言ったら詰まんないでしょ？」

「それもそうだな」

表面を撫でるだけの会話が途切れた——私がしたかった話は違う。きっと純君も。

気付けばコンクリートの上には幾何学的な線が何本も走り、魔法陣が出来ていた。

「あのさ……琉実の事なんだけど」

「うん」

「無理してる。あの日からずっと」

「それは僕も感じてる」

「でも、だからと言って、私が何かするのは違うと思ってる。そんな哀憐とか惻隠みたいなお情けであれこれされるの、私だったら真っ平。御免蒙りたい。こうして裏で話題にされてる事すら冗談じゃないって思う。莫迦にされてる感じがして嫌。ただ、此の儘何もしないで居るのが正解なんだろうかって、今日思った……あのね、純君と琉実が付き合ってる時の事、思い出したの。二人が付き合っている時、琉実は私に対して普通に接していて、純君と居る事を咎めたりもしなかった。だから——だから私は、純君と友達で居られたんだなって」

こんな事、言いたく無かった。情けなくて、惨めで——けど、私が言うしか無かった。

「僕は、那織に告白するのが怖かった。那織に告白したら、もう前みたいに琉実と話せなくなるんじゃないかって思ってた。だけど、色々と限界だった。だから言おうと決めたんだ。僕等なら大丈夫だって自分に言い聞かせて。でも、やっぱりギクシャクしている。これは僕の所為だってあれからずっと考えていた。僕の伝え方が良くなかったんだって反省していた」

そう言ってから、純君が慌てて「前みたいに琉実と話したいってのは、友人としてって意味で、他意は無いからな。その、ずっと一緒にやってきた仲間として――」と加え始めた。

「分かってる。其処は疑ってないから安心して」

嫉妬深い自覚はあるけど、簡単に切り捨てられる話じゃないのは承允してる。

「けど、こうして善後策を講じてるのも、何だかなぁって思わない？　うちら二人に心配されるのって、阻喪しているとは言え琉実からしたらどうなんだろうって考えちゃう」

「それは詰まり、振った側が気にするのはどうなのかって意味か？」

「端的に言えば」

「これは僕等三人の話だし……昨日今日知り合った仲じゃない。それでも変か？」

「ううん。そうじゃ無いから、私は純君に話した――ただ、引っ掛かるってだけ」

「そういう気持ちがあるのも、分からなくはない。それでも僕は、また三人で笑い合えたら良いなって思ってる。エゴだって言われるかも知れないけどさ」

「ま、私達に必要なのは時間と会話だろうね。きっと世の中の大半は何だってそう」

「全面的に同意するよ。文化祭が終わったら、ちゃんと三人で話そう」

「私達の場合、長引かせると親が介入して来そうだしね。それが一番怠い」

「警察と違って民事不介入とはいかないからな」

「寧ろ、民事専門でしょ」

「確かに──でも、親には感謝してるよ。良い土地に家を建ててくれたから」

「何それ。私に会えて有り難う的な？」

「皆まで言うなよ」

皆まで言って欲しいんですけど──ま、純君にしては言ってくれた方かな。

「柄にも無い事言って、お腹痛くならない？　大丈夫？」

「やめろよ。ああっ、前言撤回する」

「撤回しないで」

「冗談だよ。僕は本当に感謝してる。那織に出会えたのもそうだけど、琉実に、おじさんとおばさんに出会えて良かった」言ってから恥ずかしくなったのか、純君が落ち着きなく首筋を触って、「それ、曼荼羅でも描いたのか？」と、私の足元に広がる砂の魔法陣を指して誤魔化した──曼荼羅ね。そんなに緻密じゃ無いし智慧も無いけれど、うん、曼荼羅だ。

「かも知れない。砂曼荼羅だったら消さなきゃ」

靴の裏で曼荼羅になり切れない出来損ないの模様を消した。

「さ、もういい時間だ、帰ろう」

「そうだね……もしかして、猫撫で声でまだ帰りたくないって言うべきだった？」

「対応に困るからやめてくれ」

嫌いじゃない癖に。

※　※　※

（神宮寺琉実）

「気持ちが整理できるまでは黙ってようと思ってたけど……ごめん。限界かも」

学校終わり、麗良から二人だけで話したいって連絡がきて、でもお店とかよりは静かな公園が良いって言うから、なんかただ事じゃないなって思った。期末が終わってすぐ学祭の準備が本格的に始まって、最近は部活が自主練とかになったりしてて——こうして麗良と二人だけでゆっくりするのは久々な気がする。女バスのみんなでならお昼は食べてたりしたけど。

「うん。どうしたの？」

「……多分、別れる」

麗良が喋りづらそうな感じで何度か口を開こうとして、ようやく出てきた言葉だった。

「えっ？　どうしてっ？」

「いきなりこんな話でごめん……琉実だって辛いのにね」

「そんなっ、わたしのことなんて気にしなくていいって」

「そういうわけにはいかないよ。夏休みの間だってずっと辛そうだったし、無理して気を張ってる姿を隣で見てきたから。最近……ようやく琉実の顔が明るくなって来たかなっていうところなのに——心配させるような話でごめん」

麗良はずっとわたしの泣き言を黙って聞いてくれて、お姉ちゃんと話したあとも「その人の言うように忙しくするのは良い案かも知れないけど、だからって無理はしないで」って言ってくれて、常にわたしの理解者で味方で居てくれた——なのに、麗良がそんなことになってるなんて夢にも思わなかった。

「そんなことないっ！　逆に、麗良にそう思わせちゃって、本当にごめん。とにかく、話は聞くから——わたしは大丈夫だから、話して」

今度はわたしが麗良の話を聞いてあげなきゃ。

「ゆっくりでいいから。ね？」

麗良の肩を抱くと、泣き声とともに肩が震え出した。

「ありがとう」

麗良がしゃくり上げながら言って、いつも気丈な麗良がこんなに弱ってる姿が可哀想で、悲しくて、自分と重なる部分があったりして——気付けばわたしも泣いていた。

二人でひとしきり泣いたあと、麗良が深呼吸をしてから喋り始めた。

「別れてって言われたのは、昨日。でも、夏休みの間、なんか変っていうか、ん？　って思ったことはあってさ、その時は気の所為だって深くは考えなかった。向こうも勉強で大変だろうし、受験での悩みごととか辛かったりとか色々あるだろうって……甘かったよね。その時にもっと言うべきだった――好きな人が出来たから、別れて欲しいだって」

「そんなの……ひどくない？　だって、麗良と付き合ってるのに――」

「予備校の知り合いなんだってさ。顔見知りだったらしいんだけど、春頃からよく話すようになって、夏期講習の間、一緒に勉強してるうちに好きになった、とか言ってた。怒りたい気持ちと、泣きたい気持ちとで、細かい話はあんまり覚えてないんだけど、多分、そんな感じ。志望校が同じなんだって。ふざけないでよ……」

「それって、もう――」

「ダメでしょ。他の女が好きな男のこと、私はムリ。別れたくないけど、そんなのと今までと同じように付き合えない。だって、もう私を好きじゃないって言ってるようなもんじゃん」

麗良が涙でぐしゃぐしゃになった顔を上げた。

「あいつの言葉を信じるなら、私は喋るようになって数ヶ月の女に取られたんだよ？　そんなのってある？　今まで一緒に居た時間はなんだったのってなるじゃん。でもね、話を聞いてたらわかった、あいつから話し掛けたんだって。長く居るとダメだよね、そういうのすぐ気付いちゃう。だから、『本当はずっと前から気になってたんでしょ？』って言ってやった。そしたら、『意識してなかったけど、そうなのかも』だって。何その言い方。私に対して興味無さすぎない？　絶対、裏でもうできてるでしょ？　それで、頭に来すぎて思わず通話を切っちゃった。それからLINEもずっと無視してる」

いつも強くて真っ直ぐな麗良の目が、薄暗い中で弱々しく光った。

麗良が頭をがしがしっと掻いて、深く息を吸って、「あーっ！　もうっ！　ほんとにサイアクっ！」と叫んだ――わたしは麗良と違う状況だったけど、叫び出したくなる気持ちは痛いほどわかる。そうしないと心を保っていられないし、存在とか今までの時間とか気持ちとか色んな物を全部否定された気がして、どうしようもなくなるから。

「叫んだら、少しだけ楽になった。少しだけ、ね」

麗良がそう言って、少しだけ笑った。

「叫ばなきゃやってられないよね……今までは何だったんだろうって思うよね」

「琉実も辛かったよね。私なんて一日だけど、超辛い。昨日より今日のが辛い。昨日は衝撃と怒りの方が強かったけど、徐々に悲しいとか悔しいとかぐっちゃぐちゃになってきてる」

「うん。わたしも段々ときつくなってきた。時間が経てば忘れるなんて嘘だって思った。時間が経てば経つほど、胸の奥がどんどん重くなって、後ろ向きなことしか考えられなくなって、海行ったときなんてもう最悪だった――って、この辺の話は散々したよね。ごめん」

「ううん、言って。私もきっと同じ感じになる――ね、カラオケ行きたいっ！」

「いいよ。付き合う。時間的に遅くまでは無理だけど、歌おうっ！」

「ありがと。超助かる」

「わたしだって、沢山泣き言聞いて貰って、外に連れ出して貰ったもん」

麗良がわたしの手をぎゅっと握って、じっと目を見てくる。

「あのね、よく聞いて。琉実はさ、私とは違うじゃん。浮気されたわけじゃ無いし、これからも白崎とは近所付き合いがあるんでしょ？　だから、自分の気持ちはちゃんと伝えた方が良いよ。もちろん妹にも。伝えたからってどうにかなったりはしないよ？　しないけど、あんた達のことだから、気持ちを隠したまま上辺だけの関係でやり過ごすのは難しいんじゃない？」

「……うん。わたしも、そう思ってたとこ」

「二人して、失恋しちゃったね」

わたし、麗良のところは大丈夫だって勝手に思ってた。付き合ったからって永遠に一緒にいられるって決まったわけじゃないって、こういうことだったんだね、お姉ちゃん。

「あー、今日は失恋ソングしか歌わないっ！　こうなったら、とことん落ちてやる。どん底まで落ちてやるんだから。もうどーなってもいい。知らない」

めっちゃ失恋の曲聴いてとことん落ち込むのもありってお姉ちゃんも言ってたし、わたしも同じことをやったから気持ちはわかるけど……今の麗良にはまだ早くない？　失恋してすぐだし、結構ガチめになっちゃうんじゃない？

「そんな、今のうちから無理に自分を痛めつけなくても……」

「私には琉実が居てくれるから大丈夫。多分、めっちゃ泣くけどごめん。先に謝っておく」

「わかった。思いっ切り泣いて。あと――きっとわたしも泣くから気にしないで」

「そうと決まったら、行こっか」

「うん。あ、そうだ。わたし、あれ聴きたい。ほら、きのこ帝国の――」

「金木犀の夜、ね」

麗良が好きでよく歌う曲――純と別れて、また好きだと言って、更に振られたわたしだと共感し過ぎて聴けないだろうと思って避けてたけど、麗良と二人なら。

「そうそう。今のわたし達には刺さり過ぎるかな？」

「今日は刺さりに行くんだから良いのっ！　琉実はあいみょんの『初恋が泣いている』ね」

えっ――「歌いながら泣きそうなんだけど」

「泣きに行くんだってば。もう、話聞いてた？」

「わかったよ」

もう、泣かす気満々じゃん。

ノーマンがよろけた――シェビーのフードに手を突き、呼吸を整えて乗り込む。鍵を付けっ放しにしておいて正解だろ。遅れて乗り込んだおれにノーマンが言った。変わろうか？　おれは尋ねた。ノーマンの右腕は赤い液体をまだ吐き続けている――その傷では運転できないだろう、そう言い掛けてやめた。逃げきれなくてもよかった。

フィネガンは死んだのだ。

DEAの放った弾丸が額をこじ開け、フィネガンの後頭部にでかい穴をあけた――続けざまに何発か撃ちこまれた。倒れながら何度か身体が撥ねた。銃弾の飛び交う麻薬御殿の一角で、全身に脂肪を蓄えた巨漢が肉塊になるのを黙って見ていた――身体を引っ張られる。おれの腕を掴んだノーマンが「ボスはもうだめだ。行くぞ」と言って走り出した。

ここでノーマンを撃ち殺せば――だが撃たなかった。直感だった。

この男はきっと何か隠している。おれは車に乗り込む道を選んだ。

柵越しに人影が横切るのが見えた。ノーマンは気にする素振りも見せずにアクセルを踏み続けた。シェビーのV8は唸り続け裏口の柵を吹っ飛ばした。裏手に待機していたDEAが崩れた体勢を立て直し、M4カービンを構え直す――ドア・ミラーで確認。背後から銃声。車体に何発が当たった音がした――ウィンドシールド（フロントガラス）を弾が貫通する。街灯を狙い、後ろに向けて何発か撃つと遊底（スライド）が後退したまま止まった。ノーマンが頭を低くしながら、おれのも使えと拳銃（ハンドガン）を差し出した。レイルも付いていない単列弾倉（シングルカラム）の四十五口径。見慣れた銃。

彼のことだ、確認するまでもなく弾はHP（ホローポイント）だろう――直感の理由のひとつ。

「寄越すならもっと弾の多い銃にしてくれ」

「文句を言うなら自分で取りに行け」ノーマンが後ろを顎で示す。おれはシートバックを倒し、後席に転がり込んだ。タイミングを見て二発（ダブルタップ）。続けて一発。同時に後ろを一瞬確認。脇から現れた車にDEAが乗り込むのが見えた。ノーマン！　おれは叫んだ。

意図を察したノーマンがハンドルを切り込む。路地に車を向け、再加速する。まだ追い付かれてはいない――ラゲッジにあったジムバッグを引き寄せ、後席に置いた。中から短機関銃（サブマシンガン）を取り出す――どこまでも四十五口径が好きな男だ。薬室（チャンバー）に弾を送り、背後を確認。DEAのフォードが曲がってくるのが見えた。前照灯（ヘッドライト）に向けて弾をばら撒（ま）く――視界を遮っていた灯（あか）りが消える。運転手（ドライヴァ）に向けて二発。右肩に命中（ヒット）。フォードが大きく揺らぎ、路上に停（と）まっている車にぶつかった――これで時間は稼げる。大きな車体が道を塞ぎ、後続の車を遮った。

「ノーマン、あそこだ」高速道路（ハイウェイ）の脇にある立体駐車場を指した。

駐車場の二階にシェビーを停（と）め、階段を使って下に降りる。遠くでサイレンが聞こえる。おれは駐車場に入ってきた型の古い韓国車(キア)に銃を向け、乗り込んだ——車から追い出された運転手の女はスペイン語で何かを叫んでいるが、無視してノーマンを呼び込む。車を出す寸前、女からショールを奪いノーマンに被(かぶ)せる。グローブボックスを漁(あさ)ったノーマンがキャップを見付け、おれに被(かぶ)せた。

駐車場から出るとき、2ブロック後ろにDEAの車が見えた。

高速道路から距離を置き、幹線道路をなるべく避(さ)ける。極力カメラに映らないようにしなければならない。だが、ゆっくりしている時間は無い。大通りに出て距離を稼ぐ必要がある。目立たないようにじわじわとアクセルを踏み込み、サイレンが遠退(とお)くのを確かめる。念のため、右折を繰り返して大通りに戻る。

「この世界で生き残るには、そういう慎重さが必要だ」隣でノーマンがつぶやいた。

——と、思うがままに書き始めてみたけど、小説ってこんな感じで良いの?

海外小説を意識してみたけど……初めて書いたにしては書けてる?　そう言って良いのかがもう分からない。てか、書き始めて思ったけど、文体もだし、何を漢字にして、どれにルビ振るとか全く以(もっ)てよく分かんない。全部雰囲気だし、勢いだけ。もう少し書ける気がしてたんだけど——自分で書くとこんな感じなんだ。文章ならどうにかなるんじゃないかって根拠無く思ってたけど、現実に打ち砕かれた。数日で一気に書き上げたみたいに言う作家が居るけど、とても無理。どうやら、私に詠雪とか柳絮の才は無かったみたい。なんか、それはそれでめっちゃ悔しい。いけると思ったんだけど――いや、まだ書き始めたばかりだし、諦めるのは時期尚早。細かい部分は後で直せば良いし。しかし、昔の人はこれを手書きでやっていたんでしょ？　それだけで凄い。信じらんない。パソコンとかスマホだと書いてすぐ消せるけど、手書きだとしたら、面倒過ぎて修正なんて絶対したく無い。

てか、そんな事よりＤＥＡってブラウンチップ使ってるの？　お父さんの部屋に何か使えそうな資料はあるかしらん……ドアを少しだけ開けて、外の様子を確認――クリア……って、駄目だ。超影響されてる。これじゃ思考回路が痛い中学生と同じになっちゃう。

お父さんの部屋に行こうと――琉実の部屋のドアが目に留まる。

今日はテイラー・スウィフト掛かって無いんだ――ノックをしようとして、やめた。

「……那織？」ドアの奥から、耳を欹てないと取り逃がしそうな縹渺とした声がした。

気付かれたなら仕方無い。私の負け。「入るよ」

真っ暗な部屋を想像していたけど、ちゃんと照明は電気を通わせていた。ま、もう二ヶ月近く前の話だし、そんなに長く暗闇に潜って居られないか――土竜になっちゃう。

部屋の中では土竜を掘り起こそうとする猫の様な恰好で琉実が柔軟をしていた。

「なんかあった？」

それを琉実が言う？　と思ったけど、流石に言わない。

「別に。何してんのかなぁって思っただけ」

「何それ。那織こそ、何してたの？」

責める声遣いではないが、柔軟は止めずにたまに私を見るだけ——気の所為かも知れないけど、最近、琉実の目をちゃんと見ていない気がする。

お互いに。

クローゼットに寄り掛かったまま、私は続ける。「父親の部屋に忍び込む途中」

「また本を漁りに行くの？」

「そ。窃盗未遂ってとこ」

「前科だらけじゃん」

「時効だよ——あのさ、ありがとね」

「へ？　何が？」動きを止めて私を見た気配がした。

「色々」

「何？　意味わかんない。いきなり気持ち悪いんだけど」

「気持ち悪いとは失礼な。それが妹に対する言葉なの？」

「そういう意味で言ったんじゃ……そうだ、那織んとこのクラスは何やるの？」

露骨な話題逸らしですね——「教えない」

「ケチ」

「当日の楽しみが減るでしょ？」

「ああ、そういうこと——じゃ、わたしも教えない」

「訊いてないし」

どうしても気になったら純君に訊くからいいもん。

その場に蹲踞して琉実と同じ目線になってから、私は言った。

「クラス展示、純君と来なよ」

「え？　だって——」

勘違いしないでよ？　そんな積もりで言って無いから。嫌がらせでも無ければ驕りや優位性の誇示でも無く、私はただ——ううん、何でも無い。この言葉に他意は無い。含みも黙示も仄めかしも無くそのままに——昔の響きで受け取ってくれれば良い。

「私が一緒に回る訳にはいかないでしょ。自分のクラスの展示なのに」

「別に自分のクラスでもよくない？」

「そう云う感じの展示じゃないんだよね——ま、詳細は追々」

「那織こそ、うちの展示、純と来なよ」

「主催が回っても良いタイプの展示なの？」

「いいんじゃない。学級委員のわたしが言ってるんだし」

「考えとく」

床にぺたんと座った格好の儘、何か言いたそうな顔で琉実が唇を噛んだ——それはきっと今じゃない。私は気付かなかった。別の話序でに、クラス展示の難易度設定に於ける参考意見として一般的な高校生に質問してみるか。琉実のみじゃn＝1だけど……サンプル数が増えた所でそんなに変わんないでしょ。「ね、チベット語の単語、何か知ってる？」

「……えっ？　何？　チベット語？」

「分かんないよね。うん、大丈夫」

「いきなり何の話？」

「こっちの話。気にしないで。さて——私はお父さんの部屋に行かなきゃ」

「待って……あのさ、ちょっとコンビニ行かない？」

中々引き下がらないな……そう迄して私と話したいの？

「どうして？」

「久し振りに話したいなって。最近、あんまり話してなかったじゃん」

「今、話してるじゃん」

「そうだけど——イヤなの？」

「分かった。分かりました。行けば良いんでしょ？　その代わり、今からね」

「いいよ。着替えるから待ってて」

「そのまんまで良くない？」

「やだよ。超部屋着じゃん。てか、那織だって着替えるでしょ？」

「当然。こんなよれよれのTシャツにショートパンツで外に出たくない。知ってる人に会ったら立ち直れない——てか、私、ブラして無くない？」

　気合を入れようと早めにお風呂に入って、すぐパソコンに向かって其の儘だった。部屋に戻ってナイトブラを……って意識はあった。小説を書く前までは。日々のルーティンから外れた行動すると、何かを忘れる。慣れない事をすると良くない——育乳の最中なのに、とか言いつつ、そもそもお風呂上がりは身体が暑いから、出て直ぐは服を着たくないんだけど。

「自覚があったようで何より……気付いて無かったら言おうと思ってた」

「先に言ってよ。危うく再生数に伸び悩む動画配信者みたいな真似する所だったじゃん」

「ん？　どういうこと？」

「ノーブラ散歩的な？」

「そんなんあるの？　ガチで意味わかんない」

「それについては仰る通り——だけど、現役女子高生のノーブラストレッチって動画上げたら、めっちゃバズるかも……でも、バズるのは一瞬で、矢庭にBANされそう。そしてネットに漂うデジタルタトゥーが学校にバレて、停学か退学で一丁上がりってとこ？」

「何バカなこと言ってんの」琉実が立ち上がって伸びをした。「んーっ、はぁっ」

「今、自分の声、ちょっと色っぽいなって思ったでしょ？」

「思ってないし。普通に伸びしただけじゃん。てか、早く着替えて来なよ」

とか言って、絶対思ってるでしょ。

あの鼻に掛かった声は絶対に態とだって。似た様な声帯持ってる私に通じるとでも？

「はいはい」


安請け合いした事を、歩行開始二秒で後悔した。折角沐浴を終えて身体を清めたのに、もうしっとりと肌が汗を纏い始めている。てか、もう九月も半ばの夜半なのに暑くない？　年々夏の終わりがだらしなくなってる気がする。頼んでもないのにだらだらだらと……潔く引っ込んでくれないかな。引き際を心得て居ない人、本当に嫌い。何時迄もＬＩＮＥの返信を続けようとする人はお腹を壊してしまえってショーペンハウアーも言ってなかったっけ？

「帰ったらまたシャワー浴びなきゃ。琉実の所為だからね」

「いきなり不機嫌すぎない？　ほら、髪乾かしてあげるから文句言わない」

「人を子供扱いしないで」

「じゃあ、しない」

「それはして。てか、琉実、髪切らないの？　もしかして、伸ばしてる？」

「そんなつもりはなかったんだけど……よし、髪切ろうっみたいな気分にならなくて。夏の間、ずっと落ち込んでたし……あんまやる気出なかったっていうか。変かな？」

「別に変じゃ無いよ。てか、変だなんて言えない。顔のベースが似てる自分に対する、遠回しな自傷行為になっちゃうじゃん。自分の容姿を讒謗する趣味無いし——正直、私がばっさり切ったらそんな感じになるんだって目で見てたままである。だから、伸ばしたいなら伸ばせば良いし、切りたいなら切れば良い」

「そっか、そんな目で見てたんだ……髪切りたいの？」

「別に——でも、そろそろ毛先を切りたい感はあるかな。前髪とか伸びて来たし」

「そうだよね、那織は切らないよね。てか、切るならわたしか……なんか変だよね、失恋したのに髪切らないって」自嘲気味な浅い笑顔を琉実が貼り付けた。

自分で言うんだとも思った反面、自分で言える位になったのは安心かも。失恋させた元凶がどの立場で言ってんだって感じだけど、事実として私はそう思った。まずは一歩——これは一人の人間にとっては小さな一歩だが、三人の今後にとっては偉大な一歩的な？

「男は外で仕事、女は家庭で家事並みに旧態依然とした価値観じゃない、それ。失恋したら髪を切らなきゃいけないなんて決まりは無いでしょ。まぁ、気分転換を表象する記号って意味だけで捉えれば……てか、元々髪の短い琉実が更に切るとなったら、デミ・ムーアとかシャーリーズ・セロンみたいに坊主にするしか無くない？　髪乾かすのは楽そうだけど」

「坊主はちょっと……でも、ありがと」

「何が？　お礼言われる個所あった？」

「ううん、良いの。てか、那織って外で働きたいの？　専業主婦志望かとばかり……」

「ちょっとっ！　それこそ偏見じゃない？　ちなみに……私に家事が出来ると思う？」

「思わない」

「だよね。私もそう思う。でも、働きたくも無い」

「あー、つまり男は外で働いて家事もしろ、と？」

「理想的だね。その間、私は本でも読んで知識を蓄えるよ」

急に立ち止まって、琉実が大きな溜め息を吐いた。

「はぁー。純は那織のどこが良かったんだろう。苦しめられる未来しか見えない」

「可愛くて、頭良くて、胸が大きくて――私、非の打ち所無くない？」

「あー、話してて段々イライラしてきた。なんでわたしじゃなくて、那織なの？　こんな傲慢で面倒臭いののどこがいいわけ？　見る目無いんじゃない？」

いいね。そう来なくっちゃ。調子出て来たんじゃない？

「失礼な。琉実も、もうちょっと女性らしさを磨くべきだったのかもね」

「自分を女性の代表みたいに言わないで――知らないかもだけど、相当歪んでるからね」

「そりゃ結構。隣人さんは歪んでる女が好きって事でしょ」

「あー、腹立つなぁっ」

味のしなくなったガムを吐き捨てるみたいに言って、琉実が足早に歩き出した。

「ああもうっ、那織も純も、本当にムカつくっ！　バカっ！」

琉実より成績良いけどね。「琉実も同族でしょ」

横目で様子を窺うと、琉実の目から涙が零れた——意志を持っているみたいに、脇目も振らず頬を一直線に下って落ちた。たった一粒だったけれど、きっとそれはとても大きな感情の海だった。歩く事すら出来なくなって、墜落した気持ちを追い掛ける様に琉実がその場にしゃがみ込んだ。横浜で見た以来の涙だった。鬱積していた想いが止まらなくなる気持ちは分かるから、私はただ背中を摩る妹に徹した。悪の枢軸みたいな女の言葉は琉実には届かない。

宇宙の何処かで超新星爆発を起こした星の光が地球に届く頃、ようやく琉実が立ち上がって震えた声で「応援……してる」と言った。

「ありがとう」

「今まで……言えなくて……ごめん」

「良いよ。気にしてない。それに、今言ってくれた」

「ううん、わたしはずっと自分のことばっかだった。那織の幸せを応援する余裕なんて、全然なかった。今だって、めっちゃしんどいけど——もっと早く言うべきだった。ごめん」

「謝らないでよ。謝らないで……やめて、よ……」

琉実の所為で、琉実が余計な事を言った所為で——暗い道端で女の子が二人声を上げて泣く羽目になった。本当に止めて欲しい。こんな顔でコンビニなんか行けないじゃん。せめて帰り道にしてよ。どうして行く途中にこんな話するかな。後先考えてよ。

呼吸が落ち着く迄、私は誰も通らない事を只管祈り続けた。警察でも呼ばれた日には、血も涙も無い母親に折檻される未来が待ち受けている——それだけは避けなければっ。

琉実の手を引いて、来た道を戻る。

絵の具を垂らしたみたいに街灯が丸く滲んで、瞬きと同時に形を取り戻す。世界はこの繰り返しだ。次第に境界がぼやけていって、気付けばエンティティが確立される。狭隘で小さな、半径数メートルの世界で私達は出会って、恋をして、敗れて、また恋をした。これを成長と名付けるならば、私達は成長しなければいけない時期を迎えたのだろう——だから、鳴箭を射った琉実に続いて私も行動した。結果はどうであれ、一つの区切りは付いた。

でも、まだ先に進まなきゃいけない——歩き始めてしまったから。

途中で冷えたマウンテンデューを買った。家の近くの自販機だと、此処にしか置いていないけど、飲みたかった訳じゃ無い。水分が必要だった。冷やす物が必要だった。マウンテンデューじゃ無くても良かったけど、マウンテンデューじゃ無きゃ駄目だった——だから、私がお金を出した。琉実はスポーツドリンクが良いみたいな目で訴えて来たけど、無視した。私のお金なんだから、琉実に選択権は無い。目元を冷やしたりしている内に、何時もの公園迄来た。ど

ちらからともなくベンチに座り、缶を琉実に渡した。

「何？　二本も要らない――」

「開けて」

「ったく。はい」

「ありがと」からからになった口腔に甘味がみるみる広がり、炭酸が喉を刺激する。

「どう？　落ち着いた？」缶に口を付けた儘、琉実が言った。

「それ、私の台詞」

「那織だって泣いてたじゃん」

「泣いて無いし」

「はいはい。なんかさ、今、ふと思い出したんだけど……人間は負けるようにつくられてないみたいな言葉無かったっけ？　魚を釣る話だったと思うんだけど、那織ならわかる？」

そんな事を琉実が言い出すなんて珍しい。それにしても魚を釣る話って雑過ぎない？　間違ってはいないけど――「福田恆存訳の『老人と海』だね。『けれど、人間は負けるように造られてはいないんだ』の後に、『そりゃ、人間は殺されるかもしれない、けれど負けはしないんだぞ』って続く台詞でしょ？」

「あ、そうそう。それ」

「急にどうしたの？　あ、そう言えば前に読書感想文で書いてたよね？　違ったっけ？」

「そうだ、書いた！　タイトル聞いたら思い出した！　当時はそこまでだったけど、今聞くとめっちゃ刺さるっていうか、いい言葉だよね」

「高見浩の訳だと『だが、人間ってやつ、負けるようにはできちゃいない／叩きつぶされることはあっても、負けやせん』だね。命の遣り取りをしている訳じゃ無いから、後半はこっちの方が琉実には合ってるかも――って、私が掛けて良い言葉じゃ無いか」

「ううん、大丈夫だから気にしないで」琉実が伸びをした。「叩きつぶされることはあっても負けない、か。そうだね、叩きつぶされたけど、わたしは負けない」

叩き潰された、か。それって――言いたいけど、言って良いのかな。ま、この流れだったら言っても良いか。「この場合、私は叩き潰した側になるの……？」

「ねぇ、わかってる？　ほんと、那織はそういうとこだよ？　気を遣ってんだか遣ってないんだか……でも、話せて良かった。だって、純の彼女が全然知らない人だったら、こうやって話せなかったわけだし、全く知らない人に取られるくらいなら、那織の方がいい……って、わたしはそれで別れたんだったよね、最初は」

「それなんだけどさ」訊くなら今しか無い。

「ん？」

「純君と付き合ってる時、私と純君が話してるの、嫌だった？　正直に教えて」

琉実が視線を逸らして下を向く。そして顔を上げた。「イヤだったよ」

「だよね。安心した――何も言わないでくれてありがと」

「それが耐えられなくて別れたのも、ちょっとある。だから、いいの……はぁ、なんか全部言っちゃった。ねぇ、うちらがこんなに本音で話したのって、いつ振りかな？」

「さぁ。もしかしたら初めてなんじゃない？」

「かもね。今だったら、何でも答えられる気がする」

「じゃあ、もう一つ訊いていい？」

「何？」

「別れる時、純君としようとしたんでしょ？　何でしなかったの？」

「ああ、その話ね……この際だからぶっちゃけて言うけど、予定じゃなかったのに、生理が来たから――あんときはマジで焦った。立ち上がった瞬間に、あ、ヤバいかもって。速攻でトイレに行って……きっと、今はやめとけってことなんだなって思ったよ」

そう云う事だったんだ。どっちかがやっぱ止めようって言い出したんだと思ってた。もし生理が来なかったら――いや、それを訊いても仕方無い。きっと純君と琉実の事だから、最後迄はしなかったと思う。今の私がそうである様に……あの男の子は鉄壁だもん。

「わたしからも訊いていい？」

「どうぞ」

「さっきの話に戻っちゃうけど……わたしと純が喋ってたら、イヤ？」

不安を含んだ声色だけど、きっと私の答えを琉実は知っている——前の私だったら口にしなかった言葉。でも、今なら言える。「嫌、だった。今はそうでもない」

だって、私は初めて琉実と友達になれるかもって思ったから——姉妹だけど。

「なんでイヤじゃなくなったの？」

「それは良いじゃん」

「なんでよ。わたしにだけ恥ずかしいこと言わせて、自分は言わないの？　ズルくない？」

そうだけど——そうなんだけどっ！

「……言わないとだめ？　口先だけで、本当は興味無いでしょ？」

「言って」

「うーん……なんか、友人に昇格しても良いかなって思ったから」

いきなり琉実が大声で笑い出した。

「なっ！　何で笑うのっ！　うっざっ！」

「だって……友人に昇格って……ふふっ……うちら姉妹じゃん。寧ろ、降格してない？」

「あーもー、今のは無し。琉実は知人枠決定です。残念でした。以後、馴れ馴れしく話し掛けたりしないで下さ——」言い終わる前に、神宮寺さん家の琉実さんがいきなり抱き着いて、「ごめん。怒んないで」と甘えた声を出して頬を擦り付けて来た。「んもうっ、近付かないでよっ！」ちょっと、この人何なの？　まだ知り合ったばかりなのに、パーソナルスペース侵食して来るんですけど。「離れてっ！」

「そんなこと言わないでよ。うちら、友達でしょ？」

「友達じゃ無いし。ただの顔見知りです」

諦念した琉実が離れて真剣な顔をした。「ごめん。わたしが悪かった……さっきは笑っちゃったけど、本当言うと嬉しかった。だって、わたしも那織と仲良くなれた気がしたから。笑ってごめん――だから、もう一度やり直そう」そう言って、琉実が手を差し出した。

「何？」

「握手」

「何で？」

「あー、もう良いから、これで仲直り」

私の手を取って、無理矢理自分の手に重ねた――小さい頃、喧嘩した私達にお母さんがよくやらせてた奴。思い出すからやめて欲しい。「子供じゃ無いんだから、やめてよ」

「たまにはいいじゃん。てか、懐かしくない？」

振り解いた手に残ったのは懐古では無く、あの頃より大きい指先の感触。

「懐かしくない」

「はいはい。あ、そう言えば、帆波お姉ちゃんが学祭来るって言ってた」

「ふーん。そうなんだ」

「そんな、露骨にどうでもいいみたいな反応して」

「だって興味無いし……小さい頃に話した記憶はあるけど、数年間音沙汰無かったのに突然現れて、しかもこっち側の人間だった人が、いきなりあんな風体でやって来たらどう対処して良いか分かんなくない？　最早他人と言って差し支えない状況なのに、向こうは私を知ってる感じで話し掛けて来るじゃん？　その認識の齟齬がストレス。簡潔に言うと、対応に困る」

こっちとしたら幼少期に会った事があるってだけなのに、大きくなったなぁとかこんなに立派になっちゃってみたいに馴れ馴れしく話し掛けて来る人、超苦手。貴方は私の何を知ってるの？　って言いたいし、こっちは貴方の事、全然知らないんですけどっていう。

「お姉ちゃんも色々あったんだって。大変だったみたいだよ」

「知らないよ。私は直接聞いた訳じゃ無いし――そう言えば、琉実は出掛けてたよね。ドライブがどうのとか。あの時は詳しく訊かなかったけど、身の上話の交換会でもしてたの？」

「まぁ、そんなとこ。お姉ちゃんとしては、那織ともっと話したかったみたいだよ」

「ふーん、そうなんだ。私が言えるのは、あの髪色は可愛かったなって事位かな」

派手過ぎないほんのりピンクでこれは有りだなと思った。ブリーチ無しの場合、色落ちとかはどんな感じなのかみたいな話だったらしても良い――すぐ会話終わりそう。

「ね、あの髪は可愛かった。ウルフも似合ってたし」

あ、もしかして――「髪伸ばしてるのって、影響されてる？」

「……ちょっと、ね」

恥ずかしそうに目を伏せて、琉実が親指と人差し指で隙間を作って見せた。

「だとしたら、もっと襟足を跳ねさせればそれっぽくなるんじゃない？　あと、もっと内側の髪を膨らませれば菱形っぽく……って、セットしてもバスケしてる内に崩れちゃいそう」

「でしょ？　あと、ぶっちゃけて言っちゃうと、襟足が汗で貼り付いて気になる」

「詰まり、長くなるまで我慢するか、切るかだね。いっそ、私と同じ位迄伸ばす？」

「乾かすの大変そうだから、そこまでは良いかな……」

「ええ、面倒ですとも。なのに、琉実が買い物行こうとか言うから、汗も掻いて顔だってこんなんなっちゃって――またお風呂に入らなきゃじゃん。私がお風呂嫌いなの分かってるよね？　どうしてくれるの……てか、結局、何も買って無くない？　ゼリー食べたかったのに」

「明日、休みなんだからいいじゃん」

「たしかし。けど、作業有るから部室行く。怠い」

「そうなんだ。わたしも準備あるから学校行く。何時から？」

「昼前くらい？　分かんない。その辺は起きた時の気分で決める」

「まったく、緩い部活で羨ましいこと。クラスの方はどうなの？」

「その作業も一緒にする。私に与えられてるのは、今の所個人作業だから」

静かな部屋で、黙々と作業したい私としては、騒々しい教室で謎解き考えるのは嫌。小説だって書かないといけないし、部長はうるさいし、慈衣菜も来るって言うから面倒だけど学校に行かなきゃいけない。超怠い。個人作業だから自室で良いんだけど——集中が切れた瞬間に何も出来なくなっちゃうから仕方ない。自分の部屋だと本読んじゃうし。

「純もそっちに行くのかな？　クラスの手伝いするって言ってたけど……」

「顔位は出すんじゃない？　出さないと許さないけどね」

「あんまり純を困らせないようにね」

「五月蠅いな。私が困らせなかったら、誰が困らせるの？」

「確かに」

「でしょ？」

「傲慢で面倒臭い女の子が好きなんだもんね、純は」

開き直った途端これだ。ほんと、琉実は性格悪くて嫌になっちゃう。

（神宮寺琉実）

※　※　※

家を出ると、純が出て来たところだった。

「おはよう。タイミング同じだったね」

「時間的にそうなるよな。一人か？」

那織は？　とは言わなかった。

「うん。那織はさっき起きた所だから、まだ掛かるんじゃない？」

「じゃあ、当分出て来ないな」

「さ、行こっか。遅れちゃう」

純がうちの玄関を名残惜しそうに見ているから、わたしは急かして言った。

二人で学校に行くの、どれくらい振りだろうって感じだった。いつもより遅い時間で、しかも土曜日だから駅とか電車の雰囲気は違っていて——それだけだったら部活のときと変わんないんだけど、純が居るのは変な感じがする。知っているような気がするのに、知らない場所に来たみたいな感じ。懐かしいのに、懐かしくない。

純には好きって気持ちがバレてて、でも純には彼女が居て……って考えると、不思議な気分になるし、どうして良いかわかんなくなる。けど、わたしに何か出来ることなんて無いし、改めてどうにか出来るわけじゃなくて——ううん、きっと出来ることはある。

わたしにだって、何かあるはず。

部活の皆が気を遣ってくれて、帆波お姉ちゃんと話をして、クラスでお祭りをやるって決めて、昨日那織と話して——前を向けて来た気がする。

どうしたいとかはわかんないし、それこそこの前お姉ちゃんに言われた「じゃあ、もし二人が別れたらどうする？　付き合ってって言う？」って言葉だけど、あのときわたしは何も答えられなくて、そんなこと考えるのはよくないって思ってたけど、わたしは、二人が別れるって言ったら、お互いの話をちゃんと聞きたい――わたしは、自分勝手に別れてしまったから。純を傷つけてしまったから――純や那織の気持ちを考えずに、付き合ってなんて絶対に言えないし、軽々しく言うつもりもない。だって、二人のことを応援するって決めたから。

こうやってわたしの好きは、消えてくのかな。

消えていって欲しくないし、消えていって欲しい。今まで純を好きだった自分が居なくなるのは怖いし、居なくなってくれないとずっとこのままなのかもって――それも怖い。ただ、わたしの好きな人が、わたしの双子の妹を好きっていうのは辛いけど嬉しい。

だから応援したいって思えるし――わたしだってって思っちゃう。

なんて、そんなこと言ったら純を困らせちゃうよね。わかってる。

那織が純を困らせるなら、わたしは純を助けてあげたい――友達として。

今はきっとこれでいい。

このままで、良いんだ。

ただ、いつか――いつの日か、琉実ってこんなに可愛かったんだって思わせる。今さらそんなこと言ったって遅いんだからって言ってやる――それがわたしにできる精一杯の復讐。

「今日も暑いな。早く秋が来て欲しいよ」

那織と同じこと言ってる。てか、家から駅の間にも言ってた。

学校の最寄りに着いて駅を出ると、日光が超差していて眩しいくらい。

「そうだね。もうちょっと涼しくなって欲しいよね。でも、寒いのはイヤだな」

「そうだな」

何その気の抜けた返事。「ちょっと飲み物とか買っていかない？」

「おう……なぁ――」

「何？」

「文化祭が終わったらさ、また三人でどこか行かないか？」

純がそう言って、わたしを見た。

三人って？　って聞き返しそうになったけど、訊かなくたってわかってる。

「なんでよ。二人で行ってくれればいいじゃん」

「そうじゃなくて――確かに那織とは付き合ってるけど、それはそれとして、僕等はそもそも十年近い付き合いだろ？　だから、琉実には遠慮して欲しく無いって言うと、変かな？」

まったく、昨日の那織と言い、純と言い――二人して、何なの。

「そんなこと言ってると、怖くて厄介な彼女に怒られるよ？」

「怖くて厄介な彼女ね……那織が聞いたら秒で怒るな」

「いつもの流れでしょ？」

「確かに。でも、那織は怒んないよ」

ん？「……出掛けるって話の方ね」

「ああ。だって、琉実は那織の家族なんだから」

「なにそれ。姉妹で純を取り合ってたのに？」

「結果的にそうなったけど、それが総てじゃないと思ってるよ、僕は」

結果的にそうなったけど、それが総てじゃない、か。わたしは出会ったときからずっと純のことを好きだったんだけどね。純や那織みたいに気付いたら、とかではなくて——なんて、言ったってどうしようもない。うん、そうだね。それが総てじゃない。お互いの家に泊まったこともあるし、家族同士で旅行に行ったことだって何度もあるし、純が赤ちゃんだった時の写真だって見たことあるし、小学校からずっと一緒だし、何度も誕生日をお祝いし合ってるし、初めてバレンタインデーのチョコをあげた男の子だし、純は初めてホワイトデーのお返しをくれた男の子だし——やっぱりわたしの初めての彼氏でもあって。

言葉にできないくらい沢山の思い出がある。

大切な思い出を無かったことにはできない。

ってことだよね。「そうだね、それだけじゃないよね、わたし達は」

「思い返してみれば、二人には無様な姿を沢山見られてるんだよな」

「それはお互いさまでしょ」

「……だな」

「ね、今の間は何？　何か変なこと思い出したでしょ？」

「別にそんなんじゃないって」

無様な姿と言えば……「まさか、学校帰りに遊んでて池に落ちたときの――」

「違う……って、あったな、そんなこと」

「誰かに言ったら、こっちだって相応の――」

「分かってるって。言わないよ。僕だって自分の身が惜しいからな」

「なら良かった」

わたしは、純がおばさんと何歳まで一緒にお風呂に入ってたか知ってるんだから。それだけじゃないけど――お互いに。昨日、那織は友達に昇格とかわけわかんないこと言ってたけど、純とは友達って言うよりも――「うちらはさ、友達っていうか、もう親戚に近いよね」

「感覚としてはそうだな」

「遠くの親戚より近くの他人って言うもんね」

「それだと他人じゃないか？　いや、戸籍上僕等は他人なんだけどさ」

「何でもいいよ。それより、色々と心配かけてごめんね。今までずっと、気を遣ってくれてたでしょ？　でも、わたしはもう大丈夫。だから、これからはいつも通りね。もう気を遣うのとかは無し。それと――わがままな妹をこれからもよろしくお願いします」

言えた。

純にも言えた。

はぁ、自分の気持ちに向き合って話ができるまで一ヶ月以上も掛かっちゃった。でも、これで那織とも純ともちゃんと話せた。もう大丈夫。今日からちゃんと始められる。

叩きつぶされても、わたしは負けない。

それでも——やっぱり、わたしはまだ純が好き。

こうして話してると心が温かくなるのを感じる。

それだけでも十分なんだ。近くに居られるだけで今はいい。

「分かった。ありがとう。そして、僕の方こそ色々とごめん」

「ううん。それはわたしもだし……じゃ、そういうことで——」

手を出そうとして……わたしはグーを作った。純とは、きっと握手じゃない。

純が照れ臭そうにグーをして、小さいモーションで遠慮がちにぶつけてきた。

「なに恥ずかしがってるの？」

「慣れないことさせんなって」

「そんなんでこれから大丈夫？　那織とやっていける？」

わたしは今日から、新しいわたしを始めるんだ。

教室に着くと、もう何人かは作業を始めていて、教卓には《依田先生から差し入れ！》と書かれた箱に、お菓子が幾つか入っていた。依田先生って、別のクラスの子達からは冷たくない？って言われるけど、わたしは結構優しいって思ってる。こういうとことか。

確かにちょっとドライな部分もあるけど、決してわたし達の敵じゃないっていうか、少なくともクラスの味方では居てくれる。色々と自由にやらせてくれるし。どっちかって言うと、わたし的にはカッコイイ大人って感じ。キレイでスタイル良いし、いっつも凛としててバリキャリ然としてる感じは、ガチで尊敬する。たまにお茶目だし――案外、わたしの理想かも。

「お、お二人さんの登場だな」

ジャージ姿の森脇が、長い定規で肩をぽんぽんしながら現れた。

「白崎は射的だったよな、来て早々で悪いが、早速やってくれるか？」

「おう、勿論だ。教授は何をやってたんだ？」

「今日は俺も射的だ。鶴原が朝からやってくれてるんだが、他のメンバーは都合が悪いらしくてな。ピンチヒッターだ。ってことで、姉様も頼むわ」

うちのクラスはお祭りがテーマで、教室に屋台を幾つか作る予定になっている。割り振りは皆で決めていて、教室全体の飾り付けをする担当とか、屋台の担当とかで――実行委員と学級委員は全体の担当っていうか、全体を見渡しながら、手が足りなそうなところに入ることになっている……んだけど、実行委員は生徒会と協力して門の設置とか全体のスケジュールを決めたりって委員会の仕事もあるから、クラスのことはわたしと瑞真がメインかも。今日は森脇達も入ってくれるみたいで、めっちゃ助かる。

「わかった」

奥で作業していた鶴ちゃんが「琉実ちゃんも手伝ってくれるの？」と立ち上がった。

「うん、よろしく。で、わたしは何すればいい？」

※　※　※

（白崎純）

琉実や教授、鶴原とする作業は素直に楽しかった。鶴原は琉実とか実行委員の伊藤のどかみたいにクラスの中心で声を上げる運動部系と違って物静かな女子って印象だったが、話してみると意外と気さくで雑談しながら作業を進められた。しかも読書が好きらしく、主に読むのはライトノベルとかＷｅｂ小説だと言っていたが、それ以外の本の話題も出たりして、思わぬ収穫だった。本仲間が出来る事は、何時だって歓迎だ。

琉実も以前と変わらない感じで――少なくとも僕にはそう見えた。

学校に向かう途中、話が出来たのは大きかった。那織から琉実と話をしたと事前に聞いていたのもあるが、言おうと思っていた事を漸く僕も言えた。まだ切っ掛けに過ぎないのは理解しているが、何となくもう大丈夫かも知れないって思えた。

お昼になって教授から「飯持って来てんだろ？　一緒に食おうぜ」と誘われたが、丁重に断って僕は部室に脚を向けた。教室を出る時、琉実と目が合った。含みのある雰囲気は無く、那織やっと来たんだ、みたいな目だった。それはきっと昔の、僕を通して自分の妹に向ける懐かしい眼差しだった——かも知れないみたいな仮定じゃなく、これで大丈夫だと思った。

教授から、彼女が出来てから付き合い悪いんじゃねぇか？　と言われそうだなと思いつつ部室のドアを開けると、那織が机に突っ伏していた。

「おーそーいー」

「すまん。教授の誘いを断るのに手こずった」

「裏で、あいつ最近付き合い悪ぃんだよなぁって言われる奴だ」

「此処に向かう途中、全く同じ事を考えてたよ——でも、呼ぶのは嫌だろ？」

「純君は彼女との時間を、教授に邪魔されたいタイプなの？」

「今のは愚問だった。すまん」

「分かればよろしい。じゃあ、ご飯食べよ」

那織がコンビニの袋を逆さにし、乱暴に惣菜パンを机に広げる横で、僕はコンビニで買ったお握りを食べる。既視感を覚えつつ、幸せそうにパンを頬張る那織を盗み見る――満足そうに目を細める那織はやっぱり子供っぽくて、ずっと見ていられる。

「何？　何か付いてる？」

　僕の視線に気付いた那織が、言った。

「いや」――あの時、僕は那織を傷付けた。この部室で、今日みたいに一緒にお昼を食べていた。そして、キスを望む那織の手を払った。今はもう、前とは状況が違う。僕等は正式に恋人同士になった。だから――言った方が良いに決まってる。「可愛いな……って」

「なっ――」珍しく言葉を失った那織の耳が、次第に朱に染まっていく。想定していなかった反応に困惑しつつも、滅多に見られない那織の稀覯な姿に妙な嬉しさを覚える。

「いきなり何なの？　脅かさないでよ。そう云うのは雰囲気がある時に――ううん、今でも良い。もっと言って。て云うか、もっと具体的に言って。可愛いだけじゃ全然物足りない。何処が、何が可愛いって思ったの？」そう言って、那織が距離を詰めて来た。

　もっとって言われてもな……「何かを食べてる時の那織って、無邪気って言うか、子供の頃から変わってないって言うか、そう云う姿が可愛いなって思った」

「ふーん。ありがと。けど、食べてる時限定なの？」

「食べてる時はってだけで……もう、早く食べないとお昼終わっちゃうぞ」

「言われなくても食べますっ――あ、折角だから艶っぽく食べた方が良い？」

那織が舌なめずりをした。

「普通で良いって」

毎度、夢みたいだと思う。

自分が那織と付き合っている——言葉にすると余計に現実感が薄れていく。自分みたいな人間を那織が好きだと言ってくれる。その事実が現実離れしているとすら思う。だからせめて、今みたいな時間を大切にしていきたい。心からそう感じる。

「純君は、小説進んでる？」

「正直言うと、あんまり……那織は？」

「半分以上は書けたけど、何か勢いが止まっちゃった。クラス展示の事もあるから早く片付けなきゃって思ってるんだけど——ね、気合入れて欲しいな」

「気合って？」

那織が立ち上がり、僕を覗き込む様にして——口を塞がれた。ケチャップの味がして、遅れて那織の舌が僕の舌先に触れた。不意のキスは抵抗する思考を置き去りにした。那織が顔を離し、僕の左脚に腰を掛け、首に手を回しながら「続きは純君からして」と言った。

誰も居ない部室で、お昼ご飯そっち退けで僕等は再びキスをした。

那織の腰に右手を回し、空いた左手に那織が指を絡ませてくる。互いの手の形を確かめるように握り返すと、ゆっくりと手が離れた。もしかして力が強かったのかと思ったが、手の甲を那織の繊麗な指が這う様に何度か撫で——不意に手首を掴まれ、那織の胸に僕の手が押し付けられた。されるがままに動かされる手掌が、有無を言わさず厚い布の感触とその奥で潰れる柔らかい実体を伝えてくる。こんな事は良くない——そう思っているのに、僕の溶け出しそうな脳味噌は、那織の手を跳ね除けられない。

那織の口の端から吐息が漏れ、僕は恐る恐る指に力を込めた。

ブラウス越しなのに、指先が柔肌に埋もれていく——「那織」

那織の名前を呼んだ自分の声が頭に響いて、目が覚めた。

「この辺にしておこう」那織の肩を抱いて、身体を離した。

とろんとした目で、那織が熟視する。「もう終わり？」

「学校でこういうのは良くないよ……僕もちょっと調子に乗った。ごめん」

那織が視線を外して、小さく俯いた。「我慢出来るの？」

「なっ、見るなって」

慌てて那織を立ち上がらせる。

仕方ないだろ……「はい、もう終わり。早く残りを食べないと――」

「今更、食欲湧く？」

そう言ってから、那織がペットボトルの紅茶を口に含んだ。

「そうだな……とてもご飯を食べようって気分じゃないわ」

寧ろお腹は一杯と言うか、胸が一杯とでも言うべきか……つーか、どんな顔して教室戻れば良いんだよ。冷静になると恥ずかし過ぎて、皆の顔を正視出来る気がしない。

スカートを軽く直して椅子に座り直した那織が、机の上の未開封のパンをビニール袋に仕舞い始めた。「これはおやつとして食べる。どうせ、カロリー欲しくなるし」

「僕もそうしようかな……那織は何時まで居るんだ？」

「分かんない。慈衣菜も顔出すって言ってたし、部長とも話さなきゃだし――夕方かな」

「じゃあ、帰る頃に連絡くれ」

「うん。あ、琉実も一緒でしょ？」

「ああ。今朝も一緒に来たよ。それで、ちょっと話をした。那織が言ってた通り、普通に話せたよ。とりあえず、文化祭が終わったら何処か行かないかって言っておいた」

「諒解。何処行こっか。まごまごしてると、親達が予定入れそうじゃない？」

「そう言えば、来月は三連休があったな……」

キャンプは涼しい季節か肌寒い季節に限る――とは、両家の総意。下手をするとキャンプに行こう等と言い出すかも知れない。息子と娘が年頃になってから泊まりで出掛ける事はほぼ無くなったが、僕等が付き合っている事を告げた今、状況は少し違うかも知れない。

「この前、母さんが雑誌のグランピング特集を見ていたな……」

「あ、それ予兆じゃない？　百歩譲ってグランピングならまだ――」

ふと、夏休み前にした話を思い出した。

「琉実と三人で、またキャンプ行こうみたいな話、したよな」

「したっけ？」

「ほら、夏休み前に――古間先輩の妹と会った帰り」

「した気がする。なら、それもまた一興、前向きに検討って事？」

「ああ。悪くないんじゃないか」

「とか言って、本当はお泊まりってワードに期待してるんじゃない？」

いたずらっぽい何時もの目付きで、那織が笑った。

「何言ってんだよ。テントとかロッジは別だろ？」

「私達二人だけで一つかもよ？　いやん。襲われちゃう」

「んな訳あるか」

なんて言ったものの、那織と二人きりになると自信が無い。僕等にはまだ早くないかって言ったのは僕自身なんだが――さっきので完全に自信を無くした。自分が情けない。

「ま、それはそれとして。諸々が片付いたら、何か考えよう」

那織と別れて教室に戻る途中、廊下で琉実と一緒になった。

「那織とお昼食べてたの？」

「ああ。琉実は？」

「のどかとかクラスの子達と――」琉実が怪訝な表情をした。「ねぇ」

「何だ？」

「唇、グロス付いてる」

慌てて拭ったが、手遅れだった。

「何考えてるの？　学校だよ？　このエッチ」

自分がした事は棚に上げて――と言いたい所だったが、明らかに非は僕にある。口では否定しながらも、那織のキスに応じてしまっている以上、とやかく言う権利は無い。

「すまん。良くないよな。分かってる。分かってるんだが……」

「ま、大体想像は付くけど。それにしたって、もうちょっと慎みを持った方が良いよ？」

これ以上無いくらいの正論だ……「誠に仰る通りで」

「あと、森脇、超怒ってたよ。あの野郎、俺を置いて逃げやがったって」

「逃げた積もりは無いんだが……謝っておくよ」

教室に戻ると、示し合わせたかのように教授が寄って来た。

「伊藤と買い出し行って来るけど、何か要るか?」

午後になったら買い出しに行くという話はしていたが、午後イチで行くとは思っていなかった——完全に謝るタイミングを失してしまった。「えっと……大丈夫だ。琉実は?」

「わたしも大丈夫、かな。気を付けてね」

「おう」

横から伊藤が顔を出し、「ついでにお菓子も補充してくっから」と言って、二人で教室を出て行った。僕は背中を見送りながら、LINEで教授に《すまなかった》とだけ送った。

「行っちゃったね。さて、棚作りの続きしよっか」

※ ※ ※

(神宮寺那織)


後架から戻ると、慈衣菜が居た。

「にゃおにゃお、来たよーっ」

まだぼんやりとした身体に鞭を打って、高めの声を作る。「元気だね」

「そりゃもう元気だよ。にゃおにゃおに会えるしね」慈衣菜が抱き着いて、鼻を擦るようにして私の首元に顔を埋めた。髪がくすぐったい。何時もの事だけど。「ね」

「ん？」

「にゃおにゃお、何かしてた？」

どんな意図で慈衣菜はそんな事を――気付いた？　それは流石に考え過ぎ？　とは言え、淑女としてこんな事で、それこそ雪隠詰めになる訳にはいかない。「トイレ行ってた」

「そっか……そだっ、これお土産っ！　楽屋見舞い的な？」

楽屋見舞いって……これだから芸能人は。まぁ、それは良いとして、鞄から取り出した箱に入っていたのはバウムクーヘンだった――バ、バウムクーヘンっ⁉　永遠に皮を剝いでいたい位めっちゃ好きなんだけど。「もしかして、これって手作り？」

「もち。けっこー上手にできたと思わない？」

周りがシュガーコーティングされていて、超本格的な見た目。慈衣菜のお菓子作りはレベルが違うってのは理解してるけど、こんなの作れるんだ……「普通にめっちゃ美味しそう」

「食べて食べてっ！」

言われなくても食べますとも。箱に入っていたフォークで切り分けて口に運ぶと、口の中にふんわりとメープルの香りが広がって、コーティングされた砂糖の食感が柔らかい生地の中に時折顔を覗かせる。めっっっっっちゃ美味しいんですけどっ！

「何これ。超美味しい。お店じゃん。完全にお店で食べる味なんだけど」

「へっへー。どう？　見直した？」

「見直した。いや、見直したって云うのはニュアンスが違う気がする。慈衣菜の料理の腕は熟達して確かだと元々思ってたし、素直に感服しました。てか、いつか自分のお店を開けるんじゃない？　モデルを出来る容貌があって、人並み以上に料理も出来る。人生に於ける選択肢が沢山あるのは羨ましい。私なんてどうやって生きていくのか先行き見えないもん」

「ん？　どーしたの？」

「昨日、琉実と将来についてちょっとだけ話したんだけど、自分が会社で働いている姿が全く想像出来なかった。毎日決まった時間に起きて、出勤して仕事をするなんてきっと無理。だとすると、私はどうやってお金を生み出せば良いんだろうってめっちゃ考えちゃった」

「にゃおにゃおはそんなこと心配しなくていーんだって。いざとなったらエナが面倒見てあげるし。そうだ、一緒にモデルやる？　エナ、今日はこれから仕事なんだけど、事務所に話してあげようか？　にゃおにゃおだったら即ＯＫ出るよ。めっちゃカワイイし」

「私にモデルはちょっと——困ったら慈衣菜の家に転がり込もうかな」

「いつでもウェルカムだよっ！　てか、家来てよー。最近、全然来てくんないじゃん」

ブラウスを左右に引っ張りながら、「さーみーしーいー」と慈衣菜が駄々をこねる。

「分かった。今度行くって」

「約束だよ？　もう約束したからね？」

部長が合流して三人でバウムクーヘンを食べて雑談していると、慈衣菜が「そろそろ行かなきゃ」と言って、部室を後にした——さっき、これから仕事と言っていた。仕事をしてお金を貰っている、そう考えると私達の中で一番大人なのは誰がどう考えても慈衣菜。能く考えもせず受け入れていた事実を、改めて認識する。「慈衣菜って、何だかんだで大人だよね」

「先生、今頃気付いたの？　慈衣菜ちゃんは誰よりも大人だよ」

「分かってたけど、分かって無かった」

「私が仲良くしてたわけ、よぉ～くわかったでしょ？」

「うん。それはもう十二分に。卒業しても慈衣菜とは連絡取ってそうな気がする」

心からそう思う——嘘偽りの無い感情。

「私は？」

「取ってんじゃ無いの？　知らないけど」

「うわ、何その言い方っ。卒業したら、先生の連絡先消去するからね」

「どうぞどうぞ、ご自由にして下さい。私だって部長の連絡先消すし」

「ま、それは良いとして、いきなり卒業とかどうしたの？　進路に悩んでるの？」

「自分の将来に漠然とした不安を感じました」

「何でそんな弱気になってるの？　何かあったの？」

「あったと言えばあったし、無かったと言えば無かった」

「あー、小説に行き詰まっているんだね。書く前はこのまま作家にでもなっちゃったら就活とか考えなくて良いやみたいに思ってたのに、いざ書き始めてみたら存外大変だったとか？」

何この子。怖いんだけど。恐ろしい程に見抜かれてんじゃん——でも、いちいち言わなくて済む所、大好き。解像度の高さこそ我が友朋に相応しい。でも、親友とは呼ばないからね。

「ま、そんなとこ」

「読ませて」

「まだ駄目。もうちょっと待ってて」

「はいはい」部長がタブレットを取り出して、ゲームを始めた。「ねぇ」

「ん？」

「私、イラストレーターになりたいんだよね」

「うん」——知ってる。親に反対されてるのも知ってる。美大に行きたいのも知ってる。本当は受験に備えて美術予備校に通いたいのに、ずっと言い出せないで居るのも知ってる。

「だからさ、先生は作家になってよ。そしたら……私が装丁を描きたい」

もしかして——「それで私に小説書けって言ったの？」

「うん。でも、恥ずかしいじゃん。こんな子供の夢みたいな話するの」

誤魔化す為に取り出したであろうタブレットを置き、頬を染めた部長が顔を手で扇いだ。

「子供なんだし、良いんじゃない？」

「それって、ちょっと甘えてる感じしない？」

「私は、甘えられる内は甘えておこう派だし」

「そうでした。これは失礼致しました」

しかし、部長がそんな可愛い夢を抱いてたとは。卒業したら連絡先を消去するとか、よく言えるよね。消す気なんて微塵も無いじゃん。全く、部長はほんとに私が大好きだよね。てか、そんな事言われたら書くしか無い……いや、書いてはいるんだけど。

それにしても小説の装丁ね。考えてもみなかった。確かに最近はキャラっぽいイラストを装丁にしている小説も増えて来たけど――「ね、私にライトノベルを書けって言ってる？」

「そうして頂けると私は至極嬉しいでごじゃいます……挿絵あるし、キャラデザとかやってみたいし、口絵はカラーのイラストだし、小説好きだし、普通に憧れてる」

やっぱりね。部長のイラストってアニメやゲームのファンアートだったり、オリジナルでもそれ系がメインだからもしやとは思ったけど――段々と部長の声が小さくなる。幾ら部長と雖も、恥ずかしいんだね。別に私相手なんだから何言ったって良いのに。

「だったら――なってよ、イラストレーター」

「うん。だから、先生も作家になって。先生なら面白い小説書けるって、私は信じてる」

「いやぁ、うち等もまだまだ青いねぇ。すっかり枯れたと思ってたよ」

「色恋で呆けてる癖に、よく言うよ」

「色恋に年齢は関係無くない？」

「確かに。こればかりは先生の言う通り」

「てか、マープルとはどうなの？　連絡取ったりしてるの？」

「うんにゃ。全然」

「取れば良いじゃん」

「だって、何話すの？　仲が良い訳でもない後輩が、いきなりＬＩＮＥ送って来たら変じゃない？　うわっ、あの眼鏡女子が何か言って来たっ！　みたいに思われたら嫌だよ？　てか、眼鏡女子って認識されてればまだ良い方で、下手すれば覚えられてすらないよ？　ま、私は別にそれで良いんだけどね。認知されたい願望も無いし」

「分かった分かった。じゃあ、こうしよう。うち等のクラス展示に招待する。どう？」

「ああ……それなら、まぁ……でも……」

まだうにゃうにゃ言ってる。「謎解きだし、わちゃついた企画より誘い易くない？　教室でこれ見よがしにＳＦ読む人間だよ？　絶対に脱出ゲームの類いも好きでしょ」

「うぅ……考えとく」みたいに口籠ったと思ったら、「あの、言っておくけどっ！　私は別に古間先輩とどうこうなりたいって思ってないからねっ！　ちょっと良いなって思ったのは事実だけど、それだけだからねっ！」と立ち上がって、指を差して来た。

「だとしても、少し絡む位は良いんじゃない？」

部長が吐息と共に座った。「けどさぁ、会話して幻滅するリスクはあるじゃん」

にゃるほど。そう云う見方もあるのか。話してて楽しいとか話が通じるとか、会話に於ける情報量が近しいみたいな観点が総ての前提として存在している私には、会話して幻滅すると云うプロセスが頭に無かった——そもそもの話だけど、私の場合は特殊だった。

相手の事を知る工程は環境による強制的なイベントして逐次機能していたし、話して幻滅するも何も同じ様な本を読んで感想を言い合って、映画を観ては考えを述べ合って、ありとあらゆる作品に関する情報交換を繰り返して共通言語を増やすコミュニケーションを取りながら互いに成長してきた私達にとって、新鮮な着眼点。それに私達は趣味だけじゃなく、互いに駄目な所も良い所も知っている。家庭環境すらも熟知している。長い時間を掛けて来たんだ、今更会話して幻滅するリスクも何も無い——純君と私は。

だから私は純君が好きで、手放したくないんだった——って、完璧に忘れておりました。付き合う前は散々惟みた話なのに、めっちゃ新鮮に受け止めちゃった。普通は相手を知る所から始まるんだよね。そうでありました。しかし、改めて考えてみても面倒極まりない。私はきっと、純君と別れたら恋愛しないんだろうな——絶対に別れたくない。

「幻滅するなら早い方が良いでしょ。後で知って時間を無駄にしたと思うよりは」

「それも一つの考え方だね。でも、知らないまま終わる幸せもあるよ？」

「うん、そうだね。否定はしない」

「でしょ？　私はその岐路に立たされているけど、選ぶ覚悟は出来てないんだよね」

「言いたい事は分かった。十分に理解した」

「とは言っても、勢いは大事だよね」

「それも真理の一つだね」

「勢いだけで空回って来た先生が言っても説得力は無いけど――送ってみようかな」

「前半部分の私に対する悪口、必要だった？」

「最重要でしょ。淫乱むちむち肉布団先生が付け上がっちゃうじゃん」

「ばかたれ。悪口が過ぎるぞ」あっ――「淫乱むちむちって、近眼打ち首で詣踏めるね」

「なっ！　私を打ち首するとなっ⁉　そんなこと言う子はこうじゃっ！」

部長が私の人差し指を持って、机に――ぶつけた。「陰惨突き指イリュージョンっ！」

「痛っ‼‼‼　何するのっ⁉」

このこまっしゃくれ娘めっ！！！　いきなり何してくれて……待って。あれ？　もしかして今のって――「それ、淫乱むちむち肉布団で詣踏んだ？」

「わかってくれましたか。流石先生。指、ごめんね。でも、どうしても言いたかったの」

仕様が無いなぁ……うん。「言いたい気持ち分かるから、許す。どうせなら、部長はイラストレーターじゃ無くてラッパーとして生きていく事を目指したら？」

「フリースタイルやっちゃいますか？　おいらとユニット組んでくれても良いんだぜ？」

その教授みたいな喋り方、部長には絶望的に似合ってない……嫌いじゃ無いけど。

「人気に偏り出ちゃったらごめんね」

「もういっちょ陰惨突き指イリュージョン行きますか？　今度は本気のヤツで」

※　※　※

（神宮寺琉実）


今日予定していた作業が終わって、そろそろ帰ろうかってときに、森脇が「メシでも行かないか？」と声を掛けてきた――わたしにって言うより、純に。口を挟んでいいものか、純の顔を見る。今日は那織と三人で帰ろうって話をしていた。なんなら、三人で夕ご飯を食べてもいいね、なんて話をしていたところだった。

お昼のこともあるしと思って、「行ってきたら？　わたしは那織と帰るよ」と言った。

純はそれでもどうしようかって顔をしていて、わたしは言い足した。

「那織には上手く言っておくよ」

「分かった。じゃあ、あとは頼んだ」

「おっけー」

純と森脇を見送ったあと、わたしは那織の部室に向かった。

部室のドアを開けると、那織がノートパソコンにかじりついていた。わたしに気付いてない様子だったから、「那織」と言いながら壁をコンコンと叩いた。

「もうそんな時間？」那織が伸びをした。

「うん。帰ろ」

「純君は？」

「森脇に連れてかれた」

「何で行かせちゃったの？　三人でご飯食べるんじゃ無かった？」

「それなんだけど……森脇は今日のお昼も純に声掛けてたみたいだったし、わたしから純に行ってきたら？　って言ったの。勝手に決めちゃってごめん」

「別に謝らなくても良いけど」

そう口では言ってるけど、那織は明らかに不満そうな顔だった。

「で、那織の方は作業進んだ？」

「んー、まぁまぁってとこかな。あとちょっとだけ待って」

「わかった」

那織がパソコンをカタカタ打ってる間、イスに座って部屋を見回す。前に見たときよりも私物が増えてて、結局、何をしてる部活なのか今もわかんないけど、生活感？　使ってる感みたいなのがあって、ここに集まってるんだなぁって、当たり前のことを思った。

なんとなく、この輪の中にわたしはいなかったんだなって、だからダメだったんだろうなって実感した。わたしは、わたしの輪の中に純を招き入れることはできなくて、純の輪の中にも入らなかった——だから、わたしは海に行った。けじめが付けられると思ったし、見てみたいって思った。自分を納得させたかった。

でも、見せつけられた現実のダメージが大きくて、考えれば考えるほど辛くて、こんなに時間が掛かっちゃった。今だったら、もう少し冷静に見られる——この部屋を見て改めてそう思った……自分の気持ちを二人に全部を吐き出してから、凄く楽になった。

あ、そうか。そういうことだったんだ。

那織がお姉ちゃん振るのをやめろって言ってたのって、私達に弱みを見せろって意味だったんだ——考えすぎ？　那織もそこまでは考えて言ってない？　でも、なんか納得した。

気を張るのをやめたから——格好悪い自分を、弱気な自分をちゃんと自覚して二人と話せたから、わたしの心は軽くなった。純に未練を抱いている自分を受け入れて、それとは別の感情で純と仲良くしたい自分も居て、那織に対する感情も同じで、悔しいとも思うし、今まで通りに喋りたいって思いもちゃんとあって——それが全部そのまま自分の気持ちなんだって理解して、二人と話せたのが本当に大きくて。

だからこそ――わたしは純が好きで、純に振られたけど、全部が終わったんじゃなくて、純くらい好きな人ができるかも知れないし、純を好きなままかもしれないけど、それはそれって思えるし、開き直るつもりはないけど、今の那織にならそっくりそのまま言える。

「ねぇ、那織」

「何？」

「わたし、まだ純のこと、好きだ。諦めようって頑張ったけど、まだムリだ」

「うん」那織はパソコンに顔を向けたまま。

「うんって、他になんか無いの？」

「何て言って欲しいの？　てか、私は端から琉実がすっぱり諦められたと思って無い。そんな簡単に気持ちは変わんないでしょ。だからと言って、私がどうこう言う話じゃないし」

「それもそっか」

「何を今更言ってるの？」

「ほんと、あんたって可愛く無いよね」

でも、ちゃんとわたしのことをわかってくれる。こんなに理解してくれる。本当に――本当の本当に、純の彼女が那織で良かった。わたしの妹で、良かった。

「はいはい。どうも有り難う御座います――全く、部長と言い、琉実と言い、揃いも揃って口と性格が捻じ曲がった人しか居ないみたいだね、私の周りは」

「那織がそれ言う？　ダントツで性格歪んでる癖に」

「拝承しました。お褒めに与り光栄です」

「でも、ありがとね。色々と。わたし、那織と姉妹で良かったたって思ってるよ」

那織がようやく顔を上げた。「それ、昨日も言ってなかった？」

「言ったっけ？」

「覚えてない」

「また適当な……ま、いいや。んで、終わった？」

「分かった。琉実が五月蠅くて進まないし、もう終わり。これで満足？」

パタン、とパソコンを閉じる音が響いた。

「わたしの所為って言いたいの？」

「琉実がずっと話し掛けて来たんじゃん。罰として、私のパソコン持って。家から持って来るの、超重かったんだから。肩がちぎれて腕ごと落として来る所だった」

「頼み方が気に入らないからやだ」

「じゃあ、良い。私の肩が外れても知らないからね」

「どんだけ軟弱なの？　じゃ、ほら、行くよ」

「待って。そんな急かさないでよ。急いでばかり居ると、老けるよ？」

うるさいのがなんか言ってる。「今日は何食べようかなぁ」

「ちょっと！　聞いてるのっ⁉」

「聞こえませーん」

※　※　※

（白崎純）


「いいか？　これは男同士の会話だ。誰にも言うんじゃねぇぞ？」

料理を注文して早々に、教授が低い声で言った。一体、何を話す気なんだ？

「言わないって約束するよ」

「よろしい」わざとらしく咳払いをして、教授が続けた。「マープルの妹、居ただろ？」

あの元気娘――古間柚姫。「ああ。海にも行ったしな」

改まって、何を……もしかして、そう云う話か？

「実はあれからちょくちょく連絡取ってるんだ」

どうだ？　みたいな表情で、教授が身を乗り出して言った。

「そうか、良かったじゃないか」

確信があった訳じゃ無いが、今回は何時もの教授とは違うような気がした――手当たり次第に告白をしていた頃は、開口一番「○○に告ったわ」みたいな事後報告だった。事前に話があった場合でも、「○○に告ろうと思うんだが、ガードが固くて言うタイミングが無い」と云う感じで、告白前提の話だった。それが今回は、連絡を取っている、と言った。

教授のやり方についてやめろと言うつもりは無いが、共感は出来なかった。那織と琉実のことで散々懊悩した今となっては余計に。

だから良かったじゃないかと言ったのは本心で、心の底からそう思った。

「何だよ、その反応はっ⁉　もっと驚けよっ！　まだ誰にも言ってない話だぞっ！」

「驚いたよ。古間先輩の妹とは想像もしていなかったからな。言われてみれば、皆で海に行った時、柚姫と結構話してたよな。意外にウマが合うかもと思った記憶があるわ」

「よく覚えてんな。あんとき初めて会ったけど、話しやすいなとは思ったんだ。ま、趣味とかは全然合わねぇけど、それはお前らで補えばイイしよ。大切なのはノリだろ？」

「ノリを波長と言い換えるなら。最近その手の話を聞かなかったから、暫く彼女云々はいいのかなって勝手に思ってたよ――そう云う意味で言ってる、で良いんだよな？」

「だな。実際、ちょっといいかなぁとは思ってた。だが、そうも言ってられねぇ――つーかよぉ、やっぱ白崎に彼女が出来たのがデカいんだわ。遅かれ早かれどっちかとくっ付くんだろうなって思ってたよ？　思ってたけどよ、いざ出来てみるとただただ悔しい。今日の昼だってそうだ。この俺を置いて女のトコに行きやがって。どーせ、部室で神宮寺と乳繰り合ってたんだろ？　このムッツリ野郎がっ！　お前ばっかりズルいぞっ！」

教授のボルテージが最高潮になった瞬間、料理が運ばれてきた。店員に謝りながら料理を受け取り、僕はドリンクバーの飲み物を取りに席を立った――図星だったからでは無く、一旦間を置いて会話の流れを変えたかった。教授にクールダウンして貰う意味でも。

食事を終え、互いに飲み物を注ぎ終えると、ドカッと椅子に凭れた教授が「で、実際どーなんだ？　最近は報告も無くなったが、神宮寺とは何処までいったんだ？　イったのか？　それともイかせたのか？」等と食事前と変わらないテンションで話し始めた。周りに他の客が居ない隅の席かつ店内が騒々しいから良いようなものの――どんだけ気になるんだよ。

「どんな二択だよ、それ……」紅茶で口を湿らせてから、言った。「何も変わらないよ」

「まー、白崎は雰囲気作るとか苦手そうだもんな。どっちかつーと、全部相手任せって感じだろうし、餌が放り込まれるの待ちの鯉ってトコか？」

そう言われると言葉を返したくなるが、僕自身反省すべき点はあるし、明確な相談ならいざ知らず、付き合った今となっては、那織に断りも無く二人の機微を詳らかにするのも気が引ける――教授相手でも。「その話は良いじゃ無いか。僕等には僕等の時機があるんだ」

「冷めてんなぁ。ふつー、いつヤるのかで頭が一杯なんじゃねぇのか？」

「一秒たりとも考えないとは言わないけど、那織と小説の感想言い合ったり、雑談をしているだけでも十分幸せなんだよ。何て言うのかな、付き合った事に依って、また明日も気兼ねなく話せるって思える様になったのが、一番大きな心境の変化かもな」

「それはどういう意味だ？」

「一緒に帰ろうって遠慮無く言える様になった、って言えば良いか？」

「いや――えっと、そうじゃ無くてだな……白崎は今まで遠慮してたのか？　話し掛けるとか一緒に帰ろうって言うだけの話なのに、だぞ？」

あれ？　僕は変な事を言っているのか？

「ああ。だって、相手には相手の都合があるだろ？　勿論、今だってそれは変わらないし、強制する積もりは毛頭無いが、お互いが一緒に居たいって共通認識があるから付き合うに至ったと僕は解釈している。と言う事は、一緒に帰ろうって誘うのは自然な流れだろ？」

「は？　相手は幼馴染だろ？　そんだけ一緒に居て、付き合う前のお前はまだそんな事を遠慮してたのか？　そっちの方が驚きだわ。そりゃ、どっちと付き合うかで世界が滅びそうなほど悩むに決まってるわな。そんなもん『おいっ！　俺と帰ろうぜっ！』で終了だろ。俺と柚姫なんか、『今日遊ぼうぜ』『はい、うざい』で終わりだぞ？」

いやいやいや――「ちょっと待て。今のはＱ＆Ａになって無いぞ。例として挙げるのが適当なやり取りなのか？　うざいって返されてるじゃんか」

「はぁぁ」演技がかった溜め息を、教授が吐いた。「だからお前はダメなんだ。女心がわかってねぇ。この場合のうざいはＯＫってことなんだよ――なんだその目は？」

何を言っているんだ——口走りそうになった言葉を飲み込んだ。

「さては、信用してねぇな？　わかったよ」そう言って、教授がスマホを取り出してトーク画面を見せてきた。「ほら、これを見てみろ。これが出来る男なんだよ」

〈今日遊ぼうぜ〉

《はい、うざい》

〈そう来なくっちゃ〉

〈時間どーするよ？〉

《一時間後で》

〈んじゃ、支度するわ〉

会話が成立してる——っ？　僕が何か見落としたのか？

いや、見落としてない——だったら、どうして《はい、うざい》から《一時間後で》に繋がるんだ？　もしかして、最初の《はい》は了承の意味での返答だったのか？

「わかったか？」

「申し訳無いんだが、全く分かんねぇ」

「こりゃ、神宮寺も苦労するわ。可哀想に……もっとバイブスを感じろよっ！」

　バイブス？　僕か？　僕が変なのか？

「まぁ、うん。お似合いなんじゃないか」

「急に突き放すじゃねぇか」

「素直に心からそう思ったんだよ。相手の事が好きなんだろ？」

「好きか嫌いかと問われれば、好きだがな——ただ、白崎の言う好きってのがどの程度を意味してるのか知らんが、顔が好みなんだ。あの、ちょっと生意気そうな感じがな」

　生意気そう、ね。確かに。「教授って、気の強い女子が好きだよな」

　教授が片っ端から告白している時、その相手は運動部に所属している女子やギャル寄りの女子だったりした。全員タイプは違うものの、共通項を導き出すなら気が強そうな所だろう。古間先輩の妹もご多分に漏れず同類項と言える。

「あと、エロい女な」

「ああ、踏まれたいかつ匂いフェチだったな……忘れてたよ」

　柚姫に踏まれる教授を——危ない、想像し掛けてしまった。

「てか、自分は関係ないみたいな顔すんな」

「ん？　どう云う事だ？　僕は別に踏まれたい願望は——」

「お前こそ、気の強い女が好きじゃねぇか」

え？　気の強い女が好き？　僕が？

僕が好きなのは那織……言われてみればっ――え？　僕ってそうだったのか？

あれ？　教授はかつて那織にも告白した事があって――那織も同類項だった。

「ぼ、僕の場合は、結果的に、蓋を開けてみたら気が強かっただけで……決して気が強いから那織を好きになったんじゃない。勘違いするなよ？」

「よく言うぜ。あんな気が強くて口の悪い女に告白したのはどこのどいつだ？　お？　しかも言うに事欠いて、蓋を開けてみれば？　どの口が言うんだ？　鼻水垂らしておねしょしてた頃からの付き合いだろ？　熟知の極みじゃねぇか――ちゃんと自覚しろ」

やばい、何も言い返せない……おねしょはして無かったくらいしか言えない。

「なぁ教授、もしかして僕も教授と同類だったのか？」

「そういうことだ、白崎。自分に正直になれよ。そのうち、お前も踏まれたくなるさ」

「谷崎潤一郎かよ」

「ナオリズムってか？」

「やかましいわ。はぁ、教授が変な話をした所為で、何だか自信が無くなって来た」

「何の自信だよ。根拠のねぇ自信なんか捨てちまえ。それより、だ。俺はこんなバカ話がしたくて白崎をメシに誘ったんじゃねぇんだ」

「違うのか？」

「てめぇ、見損なうなよ。いいか、よく聞け——俺はな、今度こそ失敗したくねぇんだ。もう無駄な戦いはしたくない。まずは時間を掛けて関係性を築かなきゃいけないんだ」

「気付けたようで何よりだよ」

「やっぱ、年単位で時間を掛けた男の言葉は重みが違うな……俺が白崎に相談する理由はまさにそれなんだよ。いいか、ちょっと聞いてくれ。さっきLINEを見せたように、二人で遊んだことはあるんだ。ただ、遊ぶっつっても、何もない時間だったりとか、やることが無くなってこの後どうする、みたいな雰囲気になることってあるだろ？」

「あるな」

「そうすると、『じゃ、帰りますね』って平気な顔で言ってそのまま帰るんだよ。これって、どう思う？　やっぱり脈は無いのか？」

「それは……無いんじゃないか……？」

「だよな。そうだよなぁ……そこでだ、白崎。仲良くなる方法を教えてくれ。女を手籠めにするの、得意だろ？　何か秘訣があるんだろ？　頼む、この通り」教授が僕を拝んだ。

「人聞きの悪い事言うな。僕の場合、それこそ年単位かつ家族ぐるみの関係性で仲良くなったんだ。短期間でどうのと言われても分かんないし、手籠めにもしてない。まぁ、話を聞く限りではあるが……暫くは二人で会うよりも大人数の方が良いんじゃないか？」

「それだ。それが間違いない。俺は確信した。よし、白崎、俺に協力してくれ」

「協力って……具体的に何をするんだ？」

「それを考える為に声掛けたんじゃねぇか。お前はバカか？」

TITLE

《雨宮慈衣菜の事情》

（雨宮慈衣菜）

中等部のときとある女の子を見つけた。その女の子はキラキラした目で友達と古いアニメやマンガの話をしてすごく楽しそうだった！　友達とそんな話ができてうらやましかった。

私はずっとできなかった。

小っちゃいころはパパやお兄ちゃんと古いアニメやマンガばかり見てた。周りで見てるひとは誰もいなくて全然わかってもらえなかった。

「しえなちゃんの見てるアニメ、知らないのばっか」って言われた。

「しえなちゃんの話は、なに言ってるかわかんない」って言われた。

アニメやマンガの話はしなくなった。洋服とかメイクの話なら聞いてくれてもっと教えてとかこの服はどう？　って話しかけてくれる。周りに女の子が集まってくれる！

オンラインゲームを始めたら色んな人と仲良くなった。アニメやマンガの話はゲームの友達とだけすることにした。友達と趣味の話ができるって幸せだった。

そして、リアルでも話せたらもっと楽しいだろうなって思った。

そんなときに見かけたのがその女の子だった。超可愛いなって見てて、しかも近くを通ったら私の好きなアニメの話をしてた。話しかけたい。私も話したい。友達と一緒だったし次の授業の移動中だったから何もできなかった。

それから見かけるたび目で追っていた。

ずっと話しかけるきっかけがなかった。

前に同じクラスだった友達から名前を教えてもらった。名前は神宮寺那織。同じ学年に双子のお姉ちゃんがいるのも知った。中二が終わる頃の話だったかな。そんくらい。

学年があがって那織ちゃんのお姉ちゃんと同じクラスになった。私はるみちーって呼んでるんだけど、るみちーに妹ちゃんってどんな感じなの？　話してみたいって言ったらあの子は人見知りで気難しいからやめといた方がいいよって言われて引きさがった。

もっと押せばよかったかな。でもムリだった。ぐいぐいいくのも変だしなんでそんなに仲良くなりたいのってきかれても答えられない。だって。

私は、たぶん、那織ちゃんが好きになっていた。

誰かを好きになったことなんてないし友達が彼氏の話をしてても欲しいと思わなかった。誘われて合コンみたいな集まりに行ったこともあるけど楽しくなかった。

私は恋愛に興味ないんだって思ってた。でもぜんぜん困んなかった。

だけど初めて困った。自分の好きは恋なのか友達としてなのかわかんなかった。

ずっと見ていたいし。しゃべってみたいし。仲よくだってなりたい。

好きとか恋とかわからないけど、那織ちゃんと友達になりたかった。

女の子が好きなのかなって悩んだ時期もある。悩んでもわかんなかった。アニメとかマンガだと男キャラをカッコイイって思ったりするし男の子の友達もいる。でも現実の男の子に魅力を感じたことはない。現実で気になるのはにゃおにゃおだけ。よくわかんない。

わかんないからあきらめた。どっちでもイイやってなった。

那織ちゃんが気になるってだけでよくない？　ってなった。

だって、にゃおにゃおはめっちゃ可愛いじゃん！

可愛い女の子と仲よくなりたいってだけじゃん！

しばらく遠くから見てるだけの日が続いてたんだけど、ゲームで知り合ったりりぽんがまさかの同じ学校でしかもにゃおにゃおの友達だった！　てか親友だった。マジ奇跡。

るみちーのときははっきり言えなかったけど次はちゃんと言う。

那織ちゃんとお話ししたい。仲よくなりたい。友達になりたい。

理由をきかれてもいい。仲よくなりたいのは本当だし好きなのだってしょうがない。

りりぽんは私に任せてくれれば大丈夫って言ってくれて、本当に友達になれた。超うれしかった。家にも来てくれたし泊まってくれたし一緒にお風呂も入った。夢みたい。

でもにゃおにゃおには好きな男の子がいた。その子の話をしてるにゃおにゃおはサイコーに可愛くて、シンプルに推しの恋を応援してる気分。にゃおにゃおガンバレって。

なのになんかさみしい。なんか苦しい。めっちゃ複雑。どうしよう。

にゃおにゃおに彼氏ができた。喜ばなきゃダメなのになんか悲しい。

私にはどうにもできないしにゃおにゃおのそばにいるしかできない。

遠くで見てるよりイイかなって思ったけど近くで見てるのもキツい。

でも……にゃおにゃおが幸せならいっか。

第三章

TITLE

やっぱり私みたいに可愛い女子高生から買いたいって事だよね

（神宮寺琉実）

KOI WA FUTAGO DE WARIKIRENAI

幸魂祭当日──朝練行くよりも早い時間に家を出た。

置いて行くわけにもいかないので、那織も一緒──なかなか起きないし、起きたら起きたで前髪が気に入らないとかお腹は空いてるけど食欲は無いから流動食無い？　とかわがままばっかりで、朝からひと仕事して疲れた……那織の準備に付き合うと、いつもこれ。

玄関を出ると、ブレザー姿の純が立っていた。気付けば冬服の移行期間も終わり、純のブレザーも見慣れてきた──那織は、暑いとかごわついて嫌だとか未だに文句ばかり。わたしは嫌いじゃないんだけどね。ブレザーのポケット、ありがたいし。

学祭の準備で、三人で登下校することが増えた。みんなで楽しくお喋りしてって感じじゃないし、朝なんて口数は少ないんだけど──わたしはこの時間が好きだなって改めて思う。学祭が無かったら、わたしはまだうじうじしてたかも知れないって思うと、準備は大変だったし、今日だって今から最後の設営を済ませなきゃなんだけど、めっちゃ感謝してる。

純とがっつり絡んで準備したのはこの前くらいだけど、「どう？　進んでる？」って気軽に話し掛けられるし、こうして一緒に登校だってする。純のことをまったく考えないとか胸が苦しくならなくなった——とは言えないけど、深刻な感じじゃなくて、ああ、やっぱりわたしはまだ好きなんだなってしみじみする感じに近くて、純がわたしをそういう目で見てくれることは一切なくて、ちょっとは寂しいし切なくなるけど、気持ち的には落ち着いてる。

全部が全部、前と同じじゃなくたっていい。変わってしまうのはしょうがない。

それでも、気持ち次第でどうにかなるってわかった——だからもう、怖くない。

学校に着いて、那織と別れて純と教室に向かう。のどかと森脇が既に居て、すぐあとに瑞真が来て——そんな感じで人が次第に増えていく。黒い紙にセロファンを貼って作った花火で窓を覆って、机を並べて作った土台に屋台の枠を取り付けたりして、男子がバケツに水を汲んでヨーヨー釣り用の小っちゃいプールに水を張って——そんな感じで準備を進めていると、依田先生が来て、「今日はお祭りだから楽しむんだぞ。ただ、ケガはするなよ」と言って、また差し入れをくれた。

のどかが手を叩いて「みんな聞いてーっ！　設営が終わったら、最初の組の人はもう着替えちゃって」と言うのを合図に何人かが教室を出て、浴衣や甚兵衛姿で戻って来る——紫色の浴衣を着た小春に「超可愛いじゃん」って声掛けたりして、わたしも早く浴衣着たいななんて考えていると、そろそろ開場の時間で、瑞真が「生徒会に報告行ってくる」と出て行った。

バタバタしてたけど、トラブルなく準備が終わって安心。

固まって喋ってる男子の中に純の姿を見付け、肩を叩く。

「集合は十一時で良いよね？」

「良いよ。そっちは十時半からバスケ部の先輩のステージ見るんだっけか？」

「そう。麗良達と先輩のダンス見てくる。来年の参考にもなるし」

絶対にやれって言われた訳じゃないけど、二年になったら学祭で何かやるって言うのが女バスの定番らしくて——先輩たちは女バレとかと合同でダンスをするみたいで、夏休みの頃からフォーメーションを考えたりしてて、穴水先輩なんかは「チア部に球技勢の底力を見せつけてやる」って意気込んでたりして——てか、二年の先輩達のクラス展示にも行きたいし、慈衣菜のクラスも見たいし、元キャプテンの飯田先輩は三年だから模擬店でクレープ出すって言ってたから食べたいし、行かなきゃいけないところがたくさんある。あ、午後は瑞真がバンドで歌うって言ってたっけ。そう考えると、超忙しいじゃん。

「純の今日の予定は？」

「出番以外の時間は、那織のクラスと雨宮んとこ行くくらいかな。あとの時間は部室にでも籠ってようかなと思ってる。模擬店で何か買うかもだけど、その程度かな」

「部室に籠るって、もっと学祭楽しまないと損だよ？　先生も言ってたじゃん……あ、そうだっ！　部誌、ちょうだいよ。小説書いたんでしょ？」

「正直言うと、見せるの恥ずかしいんだよな……那織のを読んだ後だと特に。那織のは普通に翻訳小説読んだって気分になるんだよな。しかも、面白かった。だからこそ、自分には文章を書く才能は無いって痛感させられると言うか、見劣りする」

「そんなこと無いって。純は作文とか小論文、得意じゃん」

「書いてみて思ったけど、勝手が違うんだよ。小論文も流れが大切だし、相手を納得させる必要があるだろ？　だから根底にある物は同じだと僕も思ってたんだが、いざ書き始めてみると上手くいかないんだ。僕の文章は冗長と言うか、緩急のコントロールもそうだし、展開の順番にしたって延々と決まらなくてさ――僕なりに色々と考察したり、構成について調べたりもしたんだが、まだまだ練習しなきゃって感じだよ」

「んーと、あんまり納得していないって感じ？」

「ああ。だから、期待しないで欲しい」

わたしはただ、純がどんな物を書くのか読んでみたい。小説の上手い下手なんてわかんないし、書けるだけ凄いと思う。「おっけ、わかった」

「琉実には、雨宮の料理のレシピ特集がお勧めだぞ。凄く細かく書いてあるのに、肝心なところで『大体で』とか『それっぽい感じで』みたいになるのが、如何にも雨宮っぽい。あとは自撮りで可愛く写るコツみたいなのもあったな。愛猫も被写体で登場してる。どうすれば猫が可愛く写るかについてもめっちゃ書いてあった」

「レシピに自撮りのコツ？　一体どういう部誌なの？」

「最初は自分の好きな作品について書こうかって話だったんだ。ただ、雨宮が部誌に参加するのはどうかなと思ってな。ほら、雨宮はオタクなのを隠してるし、学校でのキャラ的に良くないんじゃないか、と。それならいっその事、どんなテーマでも良いから皆が好きな物を好きに書いた方が面白いんじゃないかってなったんだよ。料理が得意なのを公言した所で、雨宮にダメージは無いだろうし、自撮りのコツならモデル直結って感じがするだろ？」

「なるほど。それなら、慈衣菜のイメージは崩さないね。じゃあ、亀ちゃんは？」

「亀嵩は好きなラジオ番組の紹介と、お気に入りの葉書職人について書いてる。僕も知らなかったんだが、亀嵩は自分でメールも送ってるらしく、採用されたメールの内容とか傾向について書いてたな。丁寧な文章なんだけど、軽快な語り口で面白かったぞ。ちなみに教授はアニメのキャラクターが住んでる土地とか家の値段について考察してる」

「何それ。内容にまったく統一性がないじゃん。いよいよ何の部活かわかんない……亀ちゃんはなんかわかるかもって思うけど、森脇はどうしてそんな内容なの？」

「紆余曲折あったんだよ。最初はアニメキャラのパンツの色を調べるとか枕にしたいアニメキャラのお尻ランキングを作るみたいな訳の分かんない事を言い出して亀嵩に怒られ、最終的に土地家屋の値段の話になったんだ。教授の父親は不動産関係の仕事してるし、大まかな当たりは付けられるって事でな」

「それは亀ちゃんじゃなくても怒るでしょ……ほんとに何でもありなんだね。まぁ、読んでて飽きなさそうで良いね。帰って読むから、絶対取っておいてよ?」

「おう」

そんな話をしていると、ポケットの中でスマホが震えた——帆波お姉ちゃんから。《おばさんと行くよ!》と書いてあった。何時に来るかだけ訊いて、まだ自分の順番じゃないけど、お客さんの呼び込みを手伝おうかというところで、のどかが「琉実も呼び込み手伝ってくれるなら、浴衣着ない?」って誘ってきた——「うん、着るっ!」

浴衣デートはできないけど、これは夏祭りのやり直しだ。

わたしは振り返って言った。

「純も行こうっ!」

(白崎純)

※　※　※

約束の時間になったので那織のクラスに向かうと、制服姿の琉実が立っていた。

「流石に着替えるよな」

「純だって」

「確かに。じゃあ、行くか」

「うん」

那織のクラス——六組の前には椅子が並び、座り切れない生徒が列を作っていた。脱出ゲームという性質を考えると、一度に捌ける人数は限られる。一回のゲームで教室内にどの程度の人数を招き入れているのか分からないが、待機列の状況を鑑みる限り盛況と言って差し支え無いだろう。浴衣での集客や女子の言葉を借りるなら映えスポットなる撮影ブース等が功を奏したのか、うちのクラスもそれなりの賑わいを見せているが、此処までではない。

「結構人気みたいだな」

「ね。うちのクラスも対策練らないと」

アンケートや来客数によってクラス展示にも順位が付けられる。依田先生は余り気にしていないみたいだったが、生徒側はやる気に満ちている——一位になったらアイスを奢って欲しいとの要求を、先生が二つ返事で飲んだからだ。依って、これは敵情視察。僕なりに情報を分析してフィードバックしなければ——顔の広い教授には既報かも知れないが。

顔が広いと言えば、列に並んでいると通りすがりの生徒に、琉実が何度か声を掛けられていた。運動部同士の繋がり、例えば体育館を使う部活は接する機会も多いだろう、加えてクラス委員をやっていれば他クラスや生徒会とも関わる事もそれなりにある。きっとそうやって人間関係が自然と広がって行くのであろうと想像する——が、少なからずネットワークを構築しようとする意志が無いと、一見受動的に広がるシステムであっても機能しない。僕は那織の人見知りを指摘こそすれ、笑う立場には無い。僕も、生来人と会話するのは苦手だ。

もっと厳密に言うならば、同世代と話をするのが得意じゃない。一人っ子だった僕は、那織や琉実を疑似的な姉弟／兄妹としてコミュニケーションを学んだのかも知れない。だがそれは小さな範囲での話で、周りと話さないと学校生活が円滑に送れないと云う現実に直面して、最低限のコミュニケーションは取る様に心掛けて来た——そう、僕は最低限でしか無い。

挨拶をする、簡単な雑談をする、時には冗談を交える、付き合いが悪いと思われない程度には誘いに乗る——だから、会えば会話をする男子はそれなりに居る。でも、彼等は深い付き合いをする友人ではない。恐らく琉実は、そんな考えではない。相手に合わせてその場で話の内容を変え、相手の情報、自分の情報を交えて会話をする。簡単な相互理解の確認作業でも、それはかなり効果的だろう……見習わないなと思いつつ、僕はそれが出来ていない。

部活を作った時、新しい人間関係を構築する手助けになるかもと思った。実際は、仲の良い身内で固まっているだけ——それでも良いんだろうが、こうして色んな生徒と親し気に会話する琉実を観ていると、焦燥感みたいな物を覚えずには居られない。

そう言えば、付き合っている時も、似た様な事を考えていたな。

教授の事もあるし、古間先輩の妹ともっと話をしたり、それこそ古間先輩とももう少し接するべきなんだろうな。年上の、所謂先輩と呼べる人間との接点が無さ過ぎる……弓道部時代の先輩は居るが、今更話す事も――なんて考えるから駄目なんだろうな。

「あ、浮気現場に遭遇した」

顔を上げると、ケープを羽織った那織が居た。「誤解される様なこと、言うなよ」

「あー、見られちゃったかぁ」無感情に琉実が言い、直ぐに悪戯っぽい目付きをして「どうする？　ダッシュで逃げる？」と僕の顔を覗き込んで来た。

「乗っかるんじゃねぇよ……その衣装は探偵のモチーフか？」

クラスTシャツがダサいから着たく無いと愚痴を零していたが、魔法学校っぽさすら感じるケープのお陰で回避出来たみたいだ――よく見てみると、縫製もしっかりしているし、コスプレ感も無い。スカートは制服のままなのに、上にケープを着るだけで印象が全然違う。

うちのクラスの浴衣も悪くないと思ってたが、六組も侮れない。

「露骨に話逸らしたね」那織が冷たく言い、琉実も調子に乗って「ほらぁ、彼女さん怒ってるよ？　ヤバくない？」等と言い出す始末。二人がこういう話題を冗談として消化できるようになった事自体は喜ばしいのだが――何だこの面倒臭い絡みはっ⁉

衣装を褒めようと思ったが――いいや、黙ってよう。

「ね、那織。もしかして、この人、わたしのこと無視してない？」

「浮気がバレて気まずいんでしょ」

「その辺にしてくれ。変な噂立つだろ」

「ちょっと悪ノリがすぎたよね。ごめん。てか、おふざけの話はどっちでもよくて、那織に言っておかないと――あとでお母さんと帆波お姉ちゃんが来るって。聞いてる？」

「え？　本当に来るの？　だるっ」

「わざわざ来てくれるんだから、そんなこと言わないの」

「ま、いいや。来たら連絡して」

教室後部のドアが開き、何人かの生徒が口々に「最後の、ムズすぎねぇ？」「あんなん解けねぇって」と言いながら、出て行った。それを認めた那織が、「終わったか。じゃ、順番が来たらまた声掛けるから」と言って、教室に入って行った。

「相当難しいみたいだな」

「だね……今回の謎って、那織が考えたんでしょ？　純はどんなのか聞いてる？」

「いや、教えてくれなかったよ。どんな物語なのかも知らない」

「そうなんだ。てっきり、純には大まかな内容くらいは教えてるのかと思ってた」

「教えたら詰まんないでしょ？　って言われたよ」

「それ、わたしも言われた。ま、もうすぐ入れるだろうし、とりあえず楽しみだね」

僕等の番になって教室に入ると、衝立で囲われたブースの中に浅野が立っていた。琉実が浅野と深刻そうに二、三言葉を交わす。「大丈夫？」みたいな事を言っていたが、聞き耳を立てるのも良くないと思って居ると、声を掛けられ説明が始まった。

物語は、ある生徒（大宮幸子）が屋上から飛び降り自殺を図った所から始まる。奇蹟的に一命は取り留めたが、現在は昏睡状態にある。クラス内で起きていたいじめが原因だと保護者から報告があった――プレイヤーの貴方は、大宮幸子が飛び降りる直前に話した最後の人間である。彼女と貴方が会話している姿は、別の人間に見られている。また、聞き込みにより、貴方以外にも五人の人間が放課後に接触している。

プレイヤーが観測する限り、大宮幸子はいじめられていなかった。また、飛び降り自殺をする様な素振りも見せていなかった。彼女は屋上に呼び出されたと言っていた。屋上に呼び出した人間が突き落とした可能性が濃厚である。誰に呼び出されたのか、突き止めよ。

突き止められなかった場合、貴方はいじめの嫌疑に加え、自殺幇助や殺人未遂の疑いが晴れないものとする――制限時間は二十分。

所々端折ったが、物語の大筋はこんな感じだ――脱出感はないな。

浅野の説明が終わりカーテンの向こうに通されると、机を四つ並べた島が幾つかあり、既に何人かのグループが謎解きに挑戦しているようだった。それぞれの島にはケープを纏った生徒が付いていて、恐らく進行役を務めている。僕等に付くのは――見知った顔だった。

「窓際の所に座って」

那織に言われるがまま、窓際の島に着席する。中を見回すと、学校が舞台だからか、それほど装飾が凝っているという感じではなかった。気になったのは、島とは別に机が無造作に置かれ、その上にはフィギュアだったり向日葵や菖蒲等の草花が置いてある。また、鍵の掛かった個人用ロッカーもある——きっと、開錠すると中にヒントが入っていたりするのだろう。机にはブースの中で説明された物語とルールの書かれた紙が貼ってある。

「はい、座ったね。これが手掛かり」

そう言って、数字が振ってあるクリアファイルを手渡した。

「大まかな物語は、シンプルなんだな」

「ミステリ好きの純君には物足りないだろうけど、その辺はクラスの総意かつ物語はメインじゃないから我慢して。あと、その数字は、難易度と直結してるから、素直に一から順に解いていけば良いよ。答えが分かんないとかヒントが欲しかったら、言って。教えないけど」

「教えないのかよ」

「純君には必要無いでしょ。五分も有れば終わるって」

「うちらの担当、性格が悪いみたいだし、純、頼むよ？」

「あんまり余計な事言うと、退席だからね。退席は逮捕起訴送検までセットだから。ちなみに三審迄縺れ込んだ所で、有罪で執行猶予無しは覆らないから。良い？」

琉実が適当な返事をする。「はいはい」

どんな司法制度だよと思いつつ、二人のやり取りは何時もの事なので特に反応せず、①と書かれたファイルからプリントを取り出した——那織の言う通り、①から③までのファイルに入っていた問題は初歩的な内容で、規則性さえ分かれば簡単に解ける物だった。④はフィボナッチ数列をヒントに四つの数字を導き出し、後ろ側にある大宮幸子のロッカーに掛かっているダイヤル式のチェーンロックを外し、中から幾つか穴の開いた紙を入手し、①で使ったワードパズルに重ねると新たな問題文が現れる。⑤は今迄の問題に比べるとちょっと複雑で、幾つかの書類から、大宮幸子が飛び降りた時間のアリバイや目撃証言から警察が容疑者として挙げているプレイヤー以外の重要参考人を絞り出す必要があった。とは言え、これも謎解きとしては簡単だ。さして迷う事無く答えに辿り着いた。

全ての謎を解いて得られたのは、N、I、A、A、Mの五つのアルファベットと、五人の調書。五つのアルファベットは、大宮幸子が手掛かりとして残していた犯人に繋がるヒントと云う事らしい——そこまでして残すなら、名前をズバリ書いてしまえばと思わなくはないが、それを言わないのもお約束だろう。今回の物語で言うと、大宮幸子はプレイヤーを除く五人から好意を持たれており、犯人は彼女をストーキングしていた——詰まり、ストーカーによって身辺は既に荒らされており、犯人に繋がる直接的な文言は残せなかった。そして、大宮幸子はストーカーを密告する目的でヒントを残していたが、ストーカーの存在が公になる前に突き落とされてしまった、と。まぁ、口封じだな。

容疑者として挙がっているのは、如何にも名前を考えるのが面倒臭かった感の漂う、福島水星、長野織姫、奈良昴、島根太陽、福岡海王の五人だ——苗字は全て県名か。警察の調書を見ると、苗字はそれぞれの出身地となっている。

「これって、苗字はみんな県の名前で、下は星……だよね。アルファベットと関係あったりするのかな？　水星はＭＥＲＣＵＲＹで、太陽はＳＵＮとか？」

琉実の線も考えた。だが、規則性が見付からないし、織姫に英語は無い。

「あとは素直にアナグラム——並び変えて作れるのは〝ＭＡＮＩＡ〟か」

「確かに、マニアになるね。そうすると、カメラが好きな福島水星と、アニメが好きな奈良昴が怪しくない？　てか、あそこの机に美少女フィギュア置いてあるし、奈良が犯人？」

琉実が指差した机には、粘土の塊みたいな物とアニメのフィギュアが置いてある。だが、そんなに単純とは思えない。最後の問題にしては簡単すぎる。もし仮に囮としても——「このルールにも書いてあるが、教室内の物は全てヒントなんだよな？」那織に尋ねる。

「そうだよ。それぞれの問題に対応したヒントが置いてある。どれがどの謎のヒントなのかを教える事は出来るけど、どうする？　訊く？」

「いや、大丈夫だ」琉実と机を見て回る——植物はフィボナッチ数列だろうし、元素の周期表や音楽記号は既に使用した。やはり、フィギュアが置かれている机だけが異質だ。

粘土の塊と色とりどりの細かい粒で描かれた魔法陣然とした模様の中心に立つ美少女フィギュア——僕は鑑賞していないので詳しくは分からないが、確か異世界ファンタジー物のアニメキャラで、原作には登場していないと聞いた。

「これは何を意味してるんだろう？　あ、もしかしてこの粘土……って言うよりは、泥とか土っぽいね、とにかくこれが美少女に変身するって意味じゃない？　ほら、この模様って、変身するときに出てくるヤツじゃない？　えっと……魔法陣だ！　で、長野織姫(おりひめ)は服を作るのが趣味ってあったし、実はコスプレが趣味とか？」

「変身か……あ、分かったかも知れない」

　そのアニメの予告で映っていた敵はオーソドックスなモンスターだった――もしそうだとしたら、これは『イノセンス』だ。那織(なおり)らしいな。

「え？　わかったの？」

　自分の島に戻り、アルファベットを並び替える。遅れて座った琉実(るみ)に、僕は言った。

「各ヒントに共通しているのは、答えのヒントでは無く解き方のヒントだよな――それを前提として、あの土の塊とフィギュアが表しているのは恐らくゴーレムだ。ゴーレムを倒すには額に書かれたemeth(真実)のeを消して、meth(死)にする。つまり、五文字あるアルファベットの内、一つは不要だという解き方を示している。そして、あのフィギュアが土で出来た人形じゃない理由がある筈(はず)だ。ファンタジーからゴーレムを連想させる意図があるのかも知れないが、きっとアニメのフィギュアという事にこそ意味がある」

「どういうこと？」

「原作の小説に出て来たキャラクターではなく、アニメオリジナルなんだ――詰まり、アルファベットは〝MANIA〟では無くて、〝ANIMA〟なんじゃないか？」

「あにま？」

「ラテン語で魂とか生命って意味だよ。アニメーションの語源だ。MANIAのMを取っても単語にはならないが、ANIMAならNIMAになる。そしてフィギュアを取り囲む様に細かい粒で描かれていたのは魔法陣ではなくて曼荼羅……砂曼荼羅だ。砂曼荼羅と言えばチベット仏教。そして、NIMAはチベット語で太陽。犯人は島根太陽――そうだろ？」

那織の顔を見る。

「私が訊ねる前に全部解説してくれてありがとう。とりあえず、着いて来て」

入って来た時と同様、パーティションで区切られたブースに通される――入り口のブースより広く、中には椅子が四つ置いてある。椅子に座ると、いつか見た眼鏡を取り出して、那織が掛けた。「と言う訳で、解説します……何だけど、純君の解答で正解」

「それは良かった。それにしても、難し過ぎないか？　解ける人居るのか？」

マニアックな知識を必要とする問題は、余り良問とは言えない気がするが……と言うか、大宮幸子は一体どんな人間なんだ？　手掛かりがトリッキー過ぎる。

「あ、それは自分には解けるけどって枕詞を隠してる？」

「そんなつもりじゃ……」

「いやぁ、でも、純の解説聞いても、本当に意味わかんなかった。ゴーレムがどうのとか、ラテン語やチベット語なんてわかんないって」

「まぁ、正直、そっちの解き方は純君向けだよね。それは認める。本当は純君が思い付き易い様にDaturaでアナグラムとか出来ないかなって色々考えてたんだけど、良いのが思い付かなかった。ヒントで朝鮮朝顔はいけると思ったんだけど――それはそれとして解いてくれてありがとう。砂曼荼羅は良いヒントだったでしょ？」

那織が得意気な顔をした――ちょっと前に公園で那織とした、魔法陣と曼荼羅のやり取りを思い出せたのが大きい。確かに良いヒントだった。初見では気付かなかっただろう。その意味で言えば、自分には解けるけど他の人は分かるのか？　という想いはある。

「ああ。気付けて良かったよ」

僕が圧倒的に有利なのは出題者の考えそうな事や趣向を熟知している点だ。ただ、那織の言い方が引っ掛かる。「さっき、そっちの解き方って言ったけど、別の解き方もあるのか？」

「勿論あるよ。と言うか、あの謎を解くのにチベット語の知識は必要無いんだよね。純君は深読みするだろうなと思って、態と難しくしたの。でも、私としてはそっちで解いて欲しかったから、満足してる。私達だけが分かる謎ってのも、お洒落でしょ？」

「公園での、曼荼羅がどうのって話だよな？」

「うん。そう云う事――で、別の解き方だけど、NIMAまで分かれば十分なんだよね。一旦、頭からチベット語を追い出して考えてみて。どう？」

　ニマ？　ニマって他に何かあるか？　考えろ。ニマ、にま――

「あ、その顔は気付いてないね。NIMAは島根の地名だよ。市町村合併で今は無くなっちゃったけど、石見国の邇摩と言えば石見銀山ね。そんで仁摩には世界最大の砂時計があるサンドミュージアムがあるの。だから、あれを魔法陣と解釈したとしても砂って所に着目すれば辿り着ける可能性はあったんだ。ちなみに、フィギュアの髪色が銀なのは、石見銀山にも掛かってる――地理や日本史を選択してる人だったら、ちょっと可能性あるでしょ？」

「仁摩で島根か、なるほど。あー、そっちに思考を飛ばせなかったのは悔しい……カタカナに引っ張られた。ちなみになんだが、これ、クリア出来た人は居たのか？」

「アシスタントの追加ヒント無しでクリアしたのは――純君で二人目。残念でした」

「嘘、わかった人いたのっ？」

「実は、ちょっと前にマープルが解いた」那織が顔を近付けた。「どう？　悔しい？」

めっちゃ悔しい……が、まぁ、ここは大人な対応を――「先輩は流石だな」

「あ、超悔しがってる」

「って、琉実が言ってるけど？」

「分かった。正直に言う。凄く悔しい」

今日一番の満足そうな顔をして、那織が僕の肩を叩いた。

（神宮寺那織）

「O quam cito transit gloria mundi（ああ、世界の栄光は斯くも早く過ぎ去ってしまうのか）——と言う訳で、お疲れ様っ！」

※　※　※

「どう部長？　売れた？」

部室の前に出したテーブルの後ろで本を読んでいた部長が、顔を上げた。

「あれ？　まだ先生の担当の時間だよね？」

「親と親戚が来るらしいから代わって貰った。今の私は体調不良ね。頭が痛いよー」

「あー、ずる休みだ。並木先生に言い付けなきゃ」

部長が本に栞を挟んで閉じた——小さくてしなやかな指から放たれた頁は、嫋嫋たる優しい風を吹きながら収まっていく。本を置く仕草は囂囂とした校舎に逆らって時を止めようとしているみたいに悠悠としていて、余裕と機嫌の良さが華奢な身体から溢れ出ていた。

机の上に置かれた部誌はもう十冊を切っている。用意した五十部の内、自分達の確保分が十部。机の上に並べたのは四十部。「まあまあ捌けたみたいだね」

こんな出来たばかりの名も知れぬ部活の部誌を刷った所で手に取られる訳が無いと思っていた私からすれば、五十部は刷ると云う依田先生の発言は嫌がらせだった。こんなに売れ残ったのかって言われるのが関の山だと思っていた——大した頁数も無いからコピー本で良いと主張する部長に対し、依田先生は付き合いのある印刷所で製本して貰うと言って聞かず、更には小ロットだと高いから三十も五十も変わらないと押し通した。合宿云々の際、依田先生はこの部に予算は割かれていないと言っていたのに、何処から費用を捻出したのかは知らない。察するに部活動全体の活動予備費から計上したって所だろうけど、細かい事は知らない……副部長として良いのか？　ま、部長は知ってるだろうし、深掘りしなくても良いか。

「慈衣菜ちゃんが来て、通りすがりの人に一杯売ってくれたんだよ」

「流石慈衣菜。あの風貌の女子高生から手売りされたら、内容が何であれ買っちゃうよね。後で御礼言わないと——でも、自分の書いた文章が凡そ三十人の手に渡ったと考えると、普通に恥ずかしい。私の書いた物って、明らかに買ってくれた人が望む様な物じゃ無いし、not for meにしかなんないのが目に見えてる。最早、他人に小学校の卒業文集を読まれてる感覚」

「何言ってんの。今からそんなことじゃ困るよ？」

「はいはい、そうでしたね。てか、部長は恥ずかしくないの？」

「別に。寧ろ色んな人が読んでくれるんだ、嬉しいなとしか思わないよ」

「嬉しい、ね」私はそう思えない。きっと、部長や純君が読んでくれればそれで良いって思ってるからなんだろう。「そだ、マープルとはどうだった？　案内したんでしょ？」

部長とは入れ違いだったから、クリアした事しか知らない。

「案内したよっ！　でも、お話はそこまで出来なかった」

「そうなの？」

「だって、古間先輩、ノーヒントでクリアしちゃったし」

「あぁ、そう云う事ね……ちなみに、何か言ってた？」

「うーん、言ってたけど――」言い掛けて、部長が言葉を呑んだ。

「けど？」

「先生は怒るかもだから……」

「大丈夫。怒んないって」

「本当に？　なら言うけど……ちゃんと最後まで聞いてね？　良い？　えっと、難易度のバランスがおかしい、最後の問題だけ要求される知識レベルが高過ぎる、問題を考えた人は脱出ゲームや謎解きをやったことが無いのが容易に窺える、物語も間に合わせで作った感がある、もっと物語の細部と謎がリンクするような仕掛けを作るべきだったって言ってた。要約するとこんな感じかな。でも、そのあとに――えっと、先生？」

分かっております。分かっておりますとも。図星ですよ。ええ、もうど真ん中を射貫かれましたけど……ふぅ。あぁ、身体中が熱い。血が沸騰してるみたい。この感覚は何だろう。

「私、今なら人間を二つ折りに出来る気がする」

「ちょっと落ち着いてっ。だから言ったじゃん……もうっ、怒らないって言った傍から殺意を剥き出しにしないで。まだ続きがあるのっ――お願いだから、これだけは聞いて」

「何？　まだ何かあるの？」

「待ってる間に、部誌を渡してたの。先輩、先生の書いた小説、面白いって褒めてた」

今更言われても嬉しく無いし。「ふーん。そう」

「アメリカの翻訳小説っぽくて好みだって。こんな小説が書けるなら、クラス展示の謎解きは時間が無かったか横槍が入ったのだろう、それが本当に勿体無いって言ってたよ」

「へぇー、そうなんだ」

時間が無かったのは事実だし、物語を凝り過ぎると皆には伝わらないだろうとシンプルにしたのも分かってくれたと解釈はする――二つ折りは勘弁してあげるか。仕方無い。

「久し振りに先生とも話したいって言ってたよ？」

「私は別に話したいとは思わない」

「そんなこと言わないで。私、先生に言っておきますねって言っちゃったんだから」

「それは、三人で会うって事？」

「場合によっては……あ、白崎君だったら呼ぶのありかも」

なるほど。そう云う事ですか。部長にしては、えらく前向きじゃん。

はぁ、仕様が無いなぁ。此処は大人な私が一肌脱ぐしか無いじゃん。

「論旨は理解した。部長にしては頑張った」

「でしょ？　短い時間の中では、頑張ったでしょ？　もっと褒めて！」

部長の頭を撫でる。「うん、お話し出来て偉かったね。一歩前進して凄いね」

「なんだろう、私、めっちゃ煽られてないっ？」

「煽って無いって。本当に思ってる」

純君から聞いた、教授が柚姫と付き合おうとしている話が頭を過ぎる。全く接点のない人間と仲良くなるのは簡単では無いとは言え、何とも狭い世界で纏まろうと——あ、私は人のこと言えないか。誰がどう考えても、私が一番手近な所で完結してる。

ま、柚姫は教授の周りに居ないタイプではあったし、あの生意気なメスガキ感みたいな物が刺さったと云うのも分からなくは無い。柚姫は結果的にマープルの妹だっただけで、マープルを通して知り合った訳では無いから偶さかではあるんだけど、偶合にしては出来過ぎている感も否めないし、蓋然性で言えば——ま、どっちでもいっか。

部長と教授の二人がそれぞれマープル御一行と付き合うって決まった訳では無いし、あの兄妹の仲が悪い事を考えれば、一緒にどうこうなる訳でも無い。部長に関しては焚き付けた責任があるから協力するけど、教授の話は純君の担当。

「文化祭が終わったら、何か考える？」

「うん。ただ、大事にはして欲しくないし、私は先輩と先生の三人でちょっと話したり出来れば、それで十分だよ。いきなり二人で出掛けるとかの方が嫌だもん」

「マープルが部長をどう認識しているかってのもあるしね」

「そう、それなんだよ。一応ね、忘れられては無かったよ。けど、先生の話が中心だったし、先輩的には先生の方が印象強かったのかな、とは思った——まぁ、先生と絡んで印象に残らない人は居ないとは思うけど。良い意味でも悪い意味でも」

「どうせ、悪い意味しか無いですよ。すいませんね、歪んだ人間で」

「そこまで言って無いじゃん。そう思うってことは、先生自身がそう思ってるってことでしょ？ それに良い意味ってのは、先生は可愛いってのがあるかも知れないじゃん。ね？」

「自分で良い意味って言った癖に、どうして其処が推測になるの？ おかしいでしょ」

「はぁ、どうか神様。古間先輩に人を見る目がありますように……」

人を無視して手を合わせる不届き者にどうか不幸が訪れます様に。

ただ——自分で言うのも変な話だけど、マープルは私の外見には全く興味が無い。チェスの時、そう云う視線を微塵も感じなかった。あの目は、性別如何に関係無く人間の外見には全く興味が無い目だ。ドライアイなんじゃ無いかって位乾き切っていて、値踏みする様などろりとした粘っこさは何処にも無かった。その点に於いては信用出来る。これは女の勘。

美術部に顔を出すからと部長が居なくなって一時間位経った頃だろうか、純君と教授がやって来た。教授は何時にも増して元気で「おっ、もう完売しそうだなっ！」と声を上げた。口を衝いて出そうになる「うるさっ！」を飲み込んで、「そうだね」と素っ気なく返した。

純君が紙コップに入った唐揚げと業務用洗剤みたいな色のジュースを置いた。

「これ、那織に」

「ありがとう」

「残り三冊か……意外に売れるもんだな」手に取って数える純君。

「ね、聞いて。私、五冊も売ったんだよ？　めっちゃ凄くない？　超偉くない？　褒めて」

買って行ったのはうちの高校の生徒じゃ無くて一般の人達――愛想良くは出来ないし、事務的に処理しただけではある物の、売ったのは事実。あ、でも、声は作った！

「めっちゃ貢献してるな。偉いよ」

「でしょ？　やっぱり私みたいに可愛い女子高生から買いたいって事だよね。慈衣菜には敵わないけど、私だってもうちょっとスカート短くして、胸元のボタンを外せば――」

「頼むからそれはやめてくれ。これだけ売れれば実質完売みたいなもんだし、上出来だよ」

「そうだな。初めて出した割には上々だろ。俺の迸る情熱すべてを込められなかったのは悔しいけどな。企画さえ通っていれば、もっと早く完売していただろうに……」

「それは教授が個人的に出してくれる？」

「アニメキャラのパンツの色リストや乳首描写があるアニメリストは、断言してもいい、絶対に需要がある。そりゃ、俺だってその手の情報がネットにまとめられてるのは知ってるさ。だ

「見回りとかもあるだろうし、実行委員は忙しいでしょ？　此処は私と純君が居れば大丈夫だから」

「ったく、その忙しい時間を使ってわざわざ来てやったんだろうが——そんなことより柚姫は来たか？　顔出すって言ってたんだが……」

「慈衣菜が居る時に来たみたい。少なくとも、私は会ってない」

「何だよ、あいつ……」

「何時に来るみたいな話はしなかったのか？」私の隣に座りながら、純君が言った。

「もちろん訊いたんだが、また連絡するってそれっきりだ」

「もしかして、嫌われてんじゃないの？」

「おい神宮寺、お前は言って良い事と悪い事の区別が付かないのか？」

そう言って、教授が私の隣に座った——何で私の隣に座る訳？　純君の隣に座る所じゃないの？　私を挟まないでよ。体勢を直しながら、ちょっと椅子を引く。

「どうせ、しつこくLINEしてるんじゃないの？　そう云うの、めっちゃうざいからね」

「してねぇって。俺だって、そこら辺はわきまえてる——つーか、神宮寺はどこまで聞いてるんだ？」教授が身を乗り出して、「白崎、神宮寺には話したのか？」と、私越しに尋ねる。

こう云うモーションがうざい。だからあっちに座れば良いのに。

「詳しくは話してないが、まぁ、教授が気になってて声を掛けてるって位だな」

「そういうことだ。わかったか？」

「改めて言わなくても分かるって。で、どうすんの？　本気で言ってるの？　それとも、手近に新しい女が登場したから、ちょっかい出してみたいだけ？」

「言い方酷すぎねぇか⁉　けど、手近な女が増えたからってのは、興味を持った切っ掛けとしては事実だな。それは否定しない。雨宮も似たようなもんだが、実際、雨宮はそういう感じじゃないだろ？　綺麗だとは思うし、スタイルも性格も良いが……まぁ、普通に友達だよな」

「それって詰まり、柚姫ならいけそうだって事？　最低」

「違ぇよ。お前、話聞いてたか？　興味を持った切っ掛けはそうだけど、普通に良いなって思ったんだよ。趣味は違うけど、ノリは良いし、小型犬みたいで可愛くないか？」

小型犬ね……それはちょっと分かる。

「ま、何でも良いけど、面倒事は嫌だからね」

「それはそうなんだけど……神宮寺も協力して欲しい。それを頼みに来た。ほら、柚姫は姉様とも仲良いだろ？　だから、上手いこと出来ねぇかな？」

琉実まで絡んで来ると――完全に面倒事じゃん。「考えとく」

「つーわけで、頼んだわ。じゃ、俺は戻る。あとよろしくな」

雑に立ち上がった教授の椅子がロデオのラフストックみたいな動きで床を踏み鳴らし、手を突いたテーブルはケルベロスの鼾かと思う位大きな音を出しながら動いた。慌ててテーブルを直し、「悪ぃ」と言い置いて立ち去る教授の背中を見ていたら、特大の溜め息が零れた――忙しいのは本当だったみたい。焦りと動揺の分かりやすい視覚化。そうまでして私に頼みたかったって事か。でも、出来るのは橋渡しだけかな。

「だって。どうする？　部長は私の管轄だけど、教授は純君だよね？」

「まぁ、教授には色々と相談に乗って貰ったからな……出来る事はするよ」

「相談って、私と琉実の事？」

「まぁ、それもある」

「教授の忠言は役に立った？」

「立ったのもあるし、立たなかったのもある、かな――それよりも話を聞いてくれた事の方が有り難かった。僕等の関係を知らない人には話せなかったし。だから感謝してる」

其れは確かに……純君の初恋が私だったって教えてくれたの、教授だったっけか。其の事実があったから、私は勇気を貰えた。自分で色々やり直そうって思えた。だから、私なりに感謝はしてる。友人だとも思ってる――「少し位だったら、協力してあげても良いけど」

純君の買って来てくれた唐揚げを口に入れる。全体的にしんなりしていてこれぞまさしく冷めた唐揚げって感じだけど、端っこのカリカリがめっちゃ美味しい。

「端のカリカリした衣、超美味しい。純君は食べた？」

「ああ、さっき教授と食べたよ」

「もうひとつ位、食べられるよね？」

爪楊枝に刺して口元に差し出した。周囲に人気が無い事を確認して、純君が唐揚げに食い付いた――昔だったら間違いなく「自分で食べるよ」とか言ってたのに、抗う事無くすんなり食べてくれた。成長した純君の姿に涙が出そう。

「どう？　sizzle感、ある？」

「出た。シズル感って言葉、未だにしっくり来ないんだよな――でも、美味しいよ」

「それは良かった」油の染みた唐揚げが美味しく感じられたのは、きっと私があーんしてあげたからだ。「それよりさ、話は変わるんだけど、純君は部誌が売れて嬉しい？　自分の書いた物が不特定多数に読まれると云う意味での質問ね。どう？」

「その意味限定で言うなら、恥ずかしいかな」純君が笑い乍ら頭を掻いた。

「そっか。安心した」

「安心したって？」

「私も同じ気持ちだったって事」

私の放った言葉がロミュラン語かハッティーズ語にでも聞こえたみたいな顔をした後、純君が小さく頷いた。「那織もそんな風に思うんだな。意外だったよ。この前も言ったけど、那織の小説は僕の書いた物なんかよりちゃんと書けていた、って言うか読み物として完成されていたし、めっちゃ面白かった。だから……って言っても、それとこれとは違うか」

「ありがとう。私は純君に褒めて貰えればそれで満足だし書いて良かったかもって思えるんだけど、不特定多数ってなると話は変わって来ちゃうよね。それは一緒でしょ？」

「そうだな。僕も那織が読んでくれればそれで良かった」

純君の書いた短編は不器用でたどたどしかったけれど、私は好きだった——最愛の妻を亡くした男が一通の広告メールを受け取る。それはよくある仮想空間サービスの宣伝。普段だったら無視するのにメールの文面が妙に気になった男は、アカウント登録を済ませた。試しにログインした仮想空間の中で男は妻そっくりのアバターに出会い、寝食も忘れて仮想空間にのめり込んでいく。そんな男を心配した同僚が調べてみると、そのアバターのアカウントは男の妻が亡くなる前に自分の会話パターンをＡＩに学習させて作り上げた物だった——その仮想空間サービスの提供終了が決まって、男と同僚がどうにかデータを移せないか奔走する話だった。

男に好意を寄せる同僚が自分の気持ちに気付いて欲しくて、髪型や服装を消えゆくアバターに寄せていくのも良かった。男が同僚にそんなことしなくていいと諭す場面も含めて——こんな話を純君が書くんだって云う意外な一面。ただ、恋愛を描写する事に照れているのか恥ずかしがっているのか、そんな空気が純君の文章からは漂っていて、私としてはそれも含めて好きだった——だからこそ、純君は読まれるのが恥ずかしいんだろうな、と。

「私は凄く好きな話だったし、また書いて欲しいなって思った」

「そう言ってくれるのは嬉しいが、やっぱり恥ずかしいよ。それに、小説を書くのは思った以上に大変だった。あんな短い短編を書くだけなのに、資料やらで机の上がぐちゃぐちゃになったからな。テスト勉強の時の方が綺麗なくらいだったよ」

「まさしく獺の祭だね。でも、また読みたい。気が向いたら書いてよ」

「那織が書いてくれるなら」

「言うじゃん。こんな可愛くて愛らしい彼女に対して、卑俗かつ陋劣な交換条件を持ちかけるとは……俺の小説が読みたかったら此処で今すぐ服を脱げだなんて、よく言えるね」

「一言も言ってないわ。誰かに聞かれたらどうすんだ。誤解されるだろ」

純君の為なら裸になる位――「言ってくれても良いんだよ?」

TITLE

《亀嵩璃々須の場合》

（亀嵩璃々須）

　文化祭が終わりようやく学校が日常を取り戻した頃、白崎君が古間先輩に声を掛け、部室に招いてくれました。チェスをするという名目でした。白崎君や先生とのチェスを終えた先輩がそのまま帰ろうとするところを何とか引き止め、暫し雑談をしました。

　古間先輩は積極的に喋るタイプではありません。寡黙と言って差し支えは無いでしょうが、こちらの提供した話題には返答してくれますし、口下手という訳でもありません。私は静かな男性が好みですし、何より私自身先輩と似た傾向があります。だから、思い出したように言葉を交わす、それで満足でした。程よい緊張感と興味の上になりたつ絶妙な雰囲気は、なるほど確かに胸の高鳴りを覚えましたが、私は古間先輩とお付き合いしたいわけではありません。

　交際したいなどと不相応に希ってしまうと、きっと私は後ろ向きなことばかり考えてしまいます。あれこれ思い悩みたくありませんし、心の中に波風も立てたくありません。

　私はただ、何かあったときに相談できるくらいに仲良くなれればそれで良いのです。私には兄がおりませんので、もしかしたら兄のような存在に憧れているのかも知れません。理由はなんであれ、私は憧憬と好意が曖昧なまま親しくなりたいだけなのです。

それなのに、その場に居る誰よりも人見知りで内弁慶な友人が、自分のことを棚に上げもっと喋りなさいという無言の圧力をかけてきます。話題を奪うことなくさり気なく会話に参加してくれる白崎君とは対照的です。

お陰で私は気付きました。

次回は先生抜きにします。

などと意気込んだものの、二人で会うのは心理障壁が尋常じゃありません。どう切り出せば良いのか、なんと誘えばいいのか、皆目見当が付きません。まず、会って何をすれば良いのかがわかりません。静かなところでお話をしたいだけなのですが、「お話しませんか？」とだけ伝えるのも不親切に思います。いつどこでかわかりませんし、直接会って言うのかＬＩＮＥ等でやり取りをするだけなのかも分かりません。そもそものやり取りがお話になるのではとも考えられます。それに、女の子から「お話しませんか？」と誘うのも、好意が滲み出しているような気がしてなりません。やはり、あの悪友の手を借りるしかないのでしょうか。

否、それは奥の手です。

古間先輩は先生のこと買っていますし、乱用するのは危険な香りがします。この前も「君はどう思う？」なんて先生に話を振っていました。友人が好かれるのは嬉しいですし、喜ばしい限りですが、今回の場合は複雑です。先生が古間先輩と仲良くなって二人だけで盛り上がっている姿を見るのは嫌です。白崎君や琉実ちゃんを除いて、先生の一番の理解者は私であって欲しいです。先生を古間先輩に取られたくないのが一番で、古間先輩を先生に取られたくないのが二番目と言ったところでしょうか。我ながら歪んでいるのは自覚しています。先生も面倒臭いですが、私も同じくらい面倒臭い人間だなと自分でも思います。

そんなことを考えながら帰り道を歩いていると、ふと金木犀の香りがしました。甘くて優しい匂いが余りにも心地好く、何故だかちょっと勇気が出た私は、今を逃したらもう無理だと思い、古間先輩に〈一緒に出掛けませんか？〉と送りました。

指先には一時の迷いもありませんでしたが——送ってから、どうしよう、送っちゃったという迷いに苛まれました。でも、もう遅いです。きっと、すべては金木犀の所為です。

先生みたいに誰か一人をずっと想い続けるのも素敵だなと思いますが、私の小さな心の容量ではすぐに感情が溢れてしまうでしょう。だから、いつも一歩も二歩も引いて、深入りしないようにして生きてきました——以前、私の背中を押してくれたのは先生でした。あの時も私はあれこれ理由を付け、先んじて身を翻してしまいましたが、今度はもうちょっとだけ頑張ってみても良いのかも知れません——金木犀の香りが漂っている間だけは。

第四章

TITLE

内臓がにゅちゃにゅちゃしてて凄く不快

KOI WA FUTAGO DE WARIKIRENAI

（神宮寺琉実）

わたしは今、帆波お姉ちゃんの車に乗っている。後ろの席には、純と那織——なんでこうなったんだろうって思うと同時に、このイベントを楽しみにしていたわたしも居た。

学祭にお姉ちゃんが来た日、はるばる山梨から来たからってお母さんが泊まっていくように言ったみたいで、家に帰るとお姉ちゃんが居た。折角だからって外で夕ご飯を食べて、お母さんに言ってわたしの部屋にお布団を敷いて貰った。リビングで寝るより良いかなってのもそうだし、ゆっくり話したかったたってのもある——今日学校で話せなかったこと、あとでＬＩＮＥしようって思ってたから、わたしとしてはお姉ちゃんが泊まってくれて嬉しかった。

話したいことがありすぎて、でもとにかくこの前のことを報告したくて、お風呂に入る前にわたしの部屋で話した。那織と話したこと、純と話したこと、そのお陰で前向きになれたことを伝えた。わたしの話を聞いたお姉ちゃんは、「そっか良かった。辛かったと思うけど、よく頑張ったね」って優しく笑った。

お風呂から上がって部屋に行くと、那織の部屋のドアのところで、お姉ちゃんが那織と何か話していた——邪魔しちゃ悪いかなと思ってそのまま部屋に入ろうとしたら、「ちょうど良かった！　こっち来て」と呼び止められた。「車出すから、今度、皆で出掛けない？」

「うん、行きたいっ！」

「那織ちゃんは？　どう？」

「行っても良いけど……本当に呼ぶの？」

わたしは那織とお姉ちゃんの顔を見比べる。「呼ぶって、誰を？」

「お隣の男の子」

「え？　純を？　なんで？」

「まだ三人では話せてないんでしょ？　腹を割って話し込むにはうってつけの場所――琉実ちゃんは知ってるでしょ？　あそこだったら周りに誰も居ないし、邪魔されないかなって」

お姉ちゃんが言ってるのは、この前連れてってくれた山奥のログハウス――お祖父ちゃんの隠れ家でお姉ちゃんの第二の家。純とキャンプがどうのって話もしてたし、お父さん達は何も言って来ないし……わたしとしては大賛成。三人で本音を言い合ってないのは本当だし。

いっそ、泊まりでもいいくらい……って、それはダメだよね。

「私は途中で席は外すから、安心して。ね？　言いたいこと言って、すっきりしよう」

「どうしてここまで――」

「久し振りに会った二人が可愛かったから、力になってあげたいなって思った。私の学生生活は終わってたし、せめて二人には後悔のないように青春して欲しいなってだけ。あとは――強いて言うなら、リハビリかな。私なりの社会復帰的な」

何それ――と思ったら、那織が「楽しんでるだけじゃなくて？」と憎まれ口を叩いた。

「楽しんでるのも、正直ある――けど、いいじゃん。彼氏とドライブ出来るんだよ？」

「二人なら、ね」那織がそっぽを向いた。

「それは大人になってからのお楽しみってことで。じゃあ、叔母さんに話してみる」

そんな感じで出掛けることが決まって、しかも気付いたら泊まりで出掛けるってことになってて――とりあえず那織が純に連絡して、お母さんがおばさんに連絡して……みたいにあっという間に予定が決まった。純はずっと渋ってたみたいで、特に泊まりはどうなんだって電話口でずっと言ってたらしくて、わたしは那織のスマホを奪って、行こうよってゴリ押した。

それから何日か経って、当日の朝、純は何とも複雑な表情で現れた。納得していないような、諦めているような――けど、今日はおばさんが家に居ない日だし、ちょっとは満更でもないって感じもあって。お気に入りのTシャツを着ているから、わたしはすぐわかった。

純がお姉ちゃんと挨拶を交わしてる横で、那織が「この車、超低くない？　凄く乗り難いんだけど」とぶつくさ言って、短いスカートなんか穿いてるからお尻が見えそうになって、慌ててわたしが直した。そして、わたしは純に言った。「那織の隣に乗りなよ」

那織の隣には純が座るべきだし、純だってお姉ちゃんの隣は気まずいだろうし。

朝ご飯に朝マックをドライブスルーで買って、高速のサービスエリアでアイスを買ったりして、まさにドライブって感じで超楽しかった。車で出掛けるときは、いつもお母さんとかお父さんと一緒だったから、凄く新鮮で、なんか自由な感じがした。

出掛ける前はあれこれ言ってた那織も、わたしと一緒になってアイスを食べて、そしたら串焼きが食べたいとか言い出して、牛串を食べたりして。純とお姉ちゃんはそんなわたし達を見ながら楽しそうにしていた——錯覚かも知れないけど、完璧に昔に戻った気がした。

こんな感じだったなって。

そう思ったら、なんか泣きそうになって、急いでトイレに逃げた——わたしは振られて、純は那織に告白したけど、前みたいにやれてるじゃん。無理して笑ったり、二人のことを見ないようにとか一切してなかった。わたし、ちゃんと楽しんでる。

皆のところに戻ると、お姉ちゃんが「まだ時間早いし、これからどうしよっか？　富士急でも行く？　それともなんか別のことする？」と言って、わたし的には富士急超行きたいって感じなんだけど……那織の顔を盗み見ると、案の定、嫌そうな顔をしていた。

まぁ、言うまでもなく、那織は絶叫系の乗り物が得意じゃない。子どもの頃、遊園地に行くと、決まって絶叫系に乗るのはわたしとお母さん。那織とお父さんはゆったりした系の乗り物とかに乗っていた——那織は一度だけジェットコースターに乗ったことがあって、目をぎゅっとつぶって、顔面蒼白になってて、最後は完全に魂が抜けたみたいになってた。あれ以来、那織は絶叫系には近づかない。だから、今日は——わたしは思い留まった。

言うだけ言ってみよう。

行かなくたっていいけど、口に出す前に我慢するのはやめる。

「わたしは富士急行きたい……けど、那織はどう？　嫌？」

「ジェットコースターに乗らなくて良いなら考える。どうせ琉実は乗りたいんでしょ？　だよね——皆で楽しめないのは良くない。今日はちゃんと、皆で楽しみたい。

「大丈夫。別のにしよ？　皆で楽しめなきゃ面白くないじゃん」

「そうだな。僕も琉実に賛成だよ。しかし、皆で楽しめるって言うと……」

流れを聞いてたお姉ちゃんが、「あっ！　じゃあさ、釣り堀はどう？　そんで、お昼は釣った魚を食べる、とか？」と名案を出してくれた。

「それいいっ！　那織も釣りなら良いよね？」

「針を外して、捌いてくれるなら」

「全員の意見が一致したみたいだね。じゃあ、ちょっと電話してみる」

※　※　※

（白崎純）


冷静になると、僕は一体何をしているんだろうと思ってしまう。

那織達の従姉である帆波さんと、那織と琉実。そして僕。男女比が偏り過ぎていて、ふとした瞬間に周りの視線が気になる——考え過ぎか。姉弟とか親戚の集まりだと思えば、おかしな事じゃない。事実、異分子は僕だけだ……だからこそ、僕だけ場違いな気がしてしまう。

「あっ、食べられた」

那織が竿を上げ、針の根元を摘まんで掲げた。「ね、付けて」

「はいよ」針の先に餌のイクラを付ける。

「何か、釣れなくない？」

「そうなんだよな。僕もさっきから魚影の方に投げてはいるんだが……」

帆波さんに連れて来て貰った釣り堀はバーベキュー場が併設されていて、釣った魚を捌いてその場で食べられるシステムになっている。折角だからと途中でスーパーに寄り、肉や野菜、焼きそばなんかを買った。どうやら、神宮寺の血が流れている人間は押し並べてバーベキューが好きらしい。「下拵えはやっておくから、貴方達三人で魚を釣って来て」と言う帆波さんの言葉に甘えて、僕等は釣り堀に糸を垂らしているのだが、未だ釣果は無い。

「なんかさぁ、あっちの家族の方にばっか掛かってるよね？」

もう一つの池を琉実が胸の前で小さく指差した。

この釣り堀には幾つかの池があるが、シーズンオフだからか、水が溜まっているのは二つだけ。そして、琉実が差した池の方が確かに食い付きが良さそうだった。人を避けてこっちの池を選んだが、やはり人が集まるのにはそれなりの理由があるらしい。

「だな。移動しよう」

三人で場所を移動して、最初に当たりが来たのは琉実だった。

「やった！　ね、撮って」そう言って、スマホを渡して来た。

カメラアプリを起動する。「じゃあ、撮るぞ」

後ろで、那織が「あら、楽しそうで良いですわね」と呟いた。口をとがらせてぼやいている姿は、ともすれば駄々を捏ねる子供そのものなのだが、那織っぽいと云うか、那織がやると可愛いなと思ってしまう——まぁ、那織のこう云う顔は子供の時から見ているんだけど。

「僕だってまだ釣れて無いし、勝負はまだまだこれからだよ」

「勝負って何？」

「那織が言い出したんだろ、負けたら罰ゲームがどうのって」

虹鱒を慣れた手付きで針から外し、バケツに入れた琉実が、再び糸を垂らした。

「勝負って意気込んだけど、釣れないから知らんぷりしてるんでしょ？」

琉実の言う通りだろう。同じ事を思った——一度竿を上げ、イクラを二つに増やし、魚影のある方へ放った。餌をぐるっと回るようにして一匹の魚が様子を窺い、食い付いた。穂先が撓り手に振動が伝わる——一呼吸おき、針が食い込むのを待ってから引き上げる。

よし、これで坊主は免れた。

「あ、純も釣れたじゃん！」

「何とか、な」

虹鱒をバケツに入れながら、那織に情報を共有する。「餌、二つ付けた方が良いかも」

疑義の眼差しを向けつつも「分かった」と言って那織が竿を上げ、僕は餌を付け直した。餌を増やしたからなのか、糸を垂らすや否や那織の竿に早速当たりが来た。「えっ、重っ！」と言う那織に手を貸し、一緒に竿を上げる。

「やった！　釣れたっ！　餌を二つ付けただけで直ぐ食い付くとは、魚の知性なんて所詮この程度って事だね」とはしゃぐ那織を見て、「やったな」と喜んだ瞬間だった。竿の先にぶら下がる虹鱒を取ろうと伸ばした手を、あろうことかすり抜け——咄嗟に顔を背けたが、僕の頬を虹鱒が直撃した。ぬるぬるとした触感と生臭さが僕を襲う。

くっさっ！

「ちょっと！　大丈夫っ⁉」そう言って那織が糸を摑んだが——鼻から息が漏れる音と共に下を向き、肩を震わせている。さては笑ってるな……誰の魚だよ、全く。「何笑ってんだよ」

「だって……ぴたーんって顔に……くっ……顔面がニジマスタイル……」

笑って動けない那織をよそに、「もう、何やってんの？」と言いながら琉実がハンカチを渡してくれた。顔面がニジマスタイルとか訳分かんない事を言ってる奴は無視して、手洗い場で顔を洗う——が、中々ぬめりが取れずに苦労した。人の魚を取るのは命懸けだ。安易に手を出すべきじゃない。つーか、いつぞやのラブカと言い、魚関係は軒並み顔狙いだな。

いや、ラブカは那織にやられたのか……ま、今回も那織の釣った魚が原因だが。

釣り場に戻ると、那織が嬉しそうに「臭い取れた？　ラブカとどっちが臭かった？　アンモニア臭がする分、ラブカの方が上？」と笑いながら訊いてきた。やっぱり覚えてたか……と思う反面、同じ事を思い出してるのはちょっとだけ安心する。それは、記憶に残ってるのは自分だけじゃないんだなって云う安心感——ちゃんと共有出来ているって事なのだろう。

「顔面に直撃した不快感を加味すると、虹鱒も相当だな」

那織の隣にしゃがむと、いきなり顔を近付けてきた。キスでもされるんじゃないかって勘違いしそうになる距離で、咄嗟の事に思わず身を引きそうになった。だが、下手に避けるのは那織を傷付けるんじゃないかと思った刹那、耳元で「まだ生臭い」と那織が囁いた——吐息が耳を撫でる感触に動揺しつつも、何とか距離を取る。「嗅がなくて良いから」

不意に近付かれるのは心臓に良くない。付き合ってから、どうも那織の距離感が——付き合っているなら、こんなもんなのか？　そうだとしても、もう少し心の準備が欲しい。

あと、出来れば女子から生臭いとは言われたくない。

「真っ昼間っから何いちゃついてんの？」

棘を忍ばせて言う琉実に、「良いからちょっと来て」と那織が手招きをする。

「何？」

「ね、嗅いで」と僕の頰を指す。

「嗅がなくて良い。わざわざ琉実を呼んでまで嗅がそうとするな」

「何それ。わたしだけ仲間外れ？」

「そうじゃなくて——那織が余計な事を言うから」

「私が悪いって言いたいの？　私はただ、琉実にも嗅がせてあげなきゃ不公平かなって思ったんだけど、純君が琉実には嗅がせたく無いって言うなら仕方ないよね。そう云う事みたいだから、琉実はごめんね。気にしないで釣りに戻って」

「あーもう、分かったよ。ほら、嗅げよ」仕方なく立ち上がり、頰を琉実に向ける。

「なんかさぁ、そう自信満々に出されると、嗅いでみようって気になれないかも」

この双子はっ……こう云う時ばっか結託しやがって。

「じゃあもう嗅がなくて――」

琉実が僕の肩に手を置いて顔を寄せた。「ほんとだ。魚臭い」

結局嗅ぐのかよっ！

「顔面生臭男になってしまったね。げに恐ろしきニジマスタイル」

「もう何とでも言ってくれ」

その後、琉実が二匹釣って計三匹、僕が二匹、那織が三匹で終わりとなった。四人で割れば丁度二匹ずつ。釣果としては悪くない。調理場で虹鱒を捌くのだが、琉実は綺麗に開腹するのに、見様見真似で刃を入れた僕の虹鱒は断面がぎざぎざとしてしまう。力で切ろうとしているからだろうか……いい加減、僕も料理を覚えた方が良いよな。簡単な――本当に簡単な料理であればやってやれない事は無いが、炒飯やら目玉焼きを料理と呼ぶのは気が引ける。

父さんが単身赴任で家を離れてから、ずっとおばさんに甘えてたしな。

我が家の場合、食事に関して言うと、母さんが仕事で居ない時は外食するか父さんが料理を作ってくれるかだった。だから僕は、幼い頃から料理を運ぶとかお皿を洗うくらいしか手伝った記憶がない――卵を割るとか大根を下ろし金で擂り下ろすみたいな事もしたが、手伝った内には入らないだろう。もう高校生だし、料理を覚えた方が良いのは分かっているが、おばさんの好意に甘える事で、那織や琉実、そしておじさんやおばさんと交流できると思っている部分も少なからずある。良くないとは重々承知しながらも。

「琉実の事、熱心に見てるみたいだけど？」

「いや、料理は出来るようになった方が良いかなって考えてた」

「それはそうでしょ」

「あんたが言うな。あと喋るのもいいけど、ちゃんと内臓取ってよね」

「取ってるっ！　てか、私も切りたい。内臓がにゅちゃにゅちゃしてて凄く不快」

「大丈夫？　指切らない？　ほんとに切れんの？」

「誰に言ってるの？　これでも元家庭科部ですよ？」

よくもまぁここまで説得力の無い言葉を自信満々に言えるよな……口には出さないけど。にしても、那織がかつて家庭科部に入ってたなんて僕ですら忘れてたぞ——もしかして魚を捌いたりしていたのか？　いや、聞いた事ないな。幽霊部員だった話しか知らない。

「じゃあ、やる？」

「那織様に任せなさい。琉実は鱗取りと臓物の処理ね」

琉実から包丁を手渡された那織が、魚のお尻に刃先を沈め顎の方まで切り開いていく。しかも澄まし顔で「こうしてるとジェーン・ドウの解剖を思い出すね」なんて言ってくる。悔しいが、僕よりも綺麗だ——何だよ、ここは普通出来ない流れじゃないのか？

ただ、言われてみれば、那織は決して不器用では無い。やりたがらないだけで、細かい作業は不得手じゃないと言うか、考えてみればネイルだって細かいし、子供の頃だって僕とおじさんがプラモデルを作ってる時に手伝ってくれた記憶もある。缶のプルトップを開けるのすら僕に頼むから忘れがちだけど……超悔しい。マジで料理覚えよう。

「意外と出来んじゃん」

「だから言ったでしょ。てか、これ、鋏でやった方が早くない？　鋏無いの？」

「ハサミは無かったかな。まぁ、あと二匹なんだからやっちゃいなよ。それにしても、魚に触れるって知ってたら、針外してあげなきゃよかった。やって損した」

「触れない訳じゃ無いけど、極力触りたく無い。手が臭くなるじゃん。それに、よく考えてみてよ。我が家に居るあの鮒みたいな金魚だって分類上は立派な魚だよ？　子供の頃、二人で水槽に手を入れて遊んだ事あるじゃん。だから元々触れるって」

「確かに……じゃあ、手が臭くなるからって理由だけで人にやらせてたの？」

「はいはい、言い合いはその辺にしとけって」

「別に言い合ってはなくない？」琉実が、那織に「ねぇ？」と促した。

「通常のやり取りの範疇だね」

目を離すと騒ぎ出す二人を宥めつつ、下処理を終わらせ帆波さんの所に行くと、もう準備は出来ていて、あとは焼くだけだった――肉や魚、野菜をお腹一杯食べ、混んでいないのを良い事に雑談で盛り上がり、気付けばもう三時近くなっていた。

帆波さんと会うのは今日が初めてだ。おじさんの姪と聞いていたので最初は二人に似ているのかとも思ったが、そんな事は無かった。二人より小柄だが、赤っぽい髪色が放つ存在感の所為か小柄な雰囲気は無い――小顔で頭身のバランスが良いからかも知れない。

そして、帆波さんは明るくて話し易い。ただ、何となく……上手く言葉には出来ないが、根っからの陽キャと云う感じではない気がする（慈衣菜や菜華さんと比べるとだが）。ご飯を食べる時の所作だったり今までの振る舞いを見ていても何処か隙がない。全体的に独特な空気感を持った人だと思った。

そう言えば、今日はどんな場所に泊まるのか詳しく聞いていなかった。お金とか諸々の心配は要らないとは言われたが、菜華さんの所みたいに伝手があるのだろうか。

「あの、今日ってどんな所に泊まるんですか？」

「あー、何て言うの、別荘は言い過ぎだけど、小屋よりはマシ的な？　そんな感じの場所だと思ってくれていいよ。うちのお祖父ちゃん――二人のお祖父ちゃんでもあるんだけど、そこの持ち物。ただ、期待はしないでね。豪華とかじゃないから」

なるほど。そう云う理由だったのか――しかし、そんな場所があるとは。部活の合宿先を探してた時、那織はそんな事言って無かったけど……知らなかったのか、そこまで大きい建物では無いのか。何れにしても、他に宿泊客が居るような施設で無い事だけは確かだ。

「そんな場所があるんだな」

那織に問い掛けると、「あるらしいよ。知らないけど」と興味無さそうに返された。

詳しくは知らないようだな。

（神宮寺琉実）

自分で釣った魚は超美味しくて、お肉もお野菜も美味しくて大満足。那織なんて「このま寝たい」とか言ってわたしの肩に頭を乗っけて来て、ゆったりした時間が流れていく。夏休みが開けてから、前期の期末テストがあって、そのあとは幸魂祭があって、ずっとバタバタしていた。もう少しすると体育祭があって、そのあとはウィンターカップがあって——今は束の間の休息って感じだけど、わたしはもう大丈夫。乗り切れるし、楽しめる。

お姉ちゃんが誘ってくれて、本当に良かった。

那織とは話したし、純とも話せたって思ってたけど、こうして三人で遊んで話すのとは、やっぱり違う。お姉ちゃんが気を遣ってわたし達を三人にしてくれるの、超ありがたい。

お姉ちゃんがくれた元気を、わたしは麗良に分けてあげなきゃ。

この前のカラオケで麗良は「心のゴタゴタはもう終わり」って言ってたけど、そんな簡単に割り切れるとは思えないし、わたしだってふとした瞬間に胸が苦しくなったりするし、しんどい時は何度もあると思う——麗良がしてくれたように、時間を空けてメッセージを送ったりはしてるけど、それだけじゃ足りなくなると思うし。

自分のこともそうだし、麗良のこともそうなんだけど——恋愛って本当に難しい。ドラマや映画、マンガなんかだと楽しそうだし、みんなキラキラしていて、失恋すら綺麗で感動的な感じになってたりするけど、全然そんなことなかった。もっと、どろどろしてて、暗くて、ずるくて、わがままで、汚くて、醜くて、そんな自分を受け入れられなくて——みたいな。きっとそれはわたしだけじゃないと思うし、他の人だってそうだと思うのに、人を好きになってしまうのはどうしてなんだろう。なんで抜け出せないんだろう。

バーベキューで使った道具を洗いながら、そんなことを考えてしまう。前みたいに暗い考えに支配されて——みたいなのはないけど、頭から離れない。恋愛ってなんだろうって。

わたしや麗良みたいに失恋する人もいれば、誰かを好きになる人もいて——それこそ、亀ちゃんとか森脇みたいに。

この前の出来事があるから、どうしても二人のことを思い出しちゃう——何故か失恋したわたしと麗良が、麗良を巻き込んだのはわたしなんだけど、森脇のデート？　的なものに付き合うって謎のイベントがあって、純もその場に居て、結果的にはみんなで遊んだって感じだったんだけど、森脇の相手がゆずってのと、帰り際に目撃した亀ちゃんの話もあって、セットで衝撃がすごかった。

わたし的には、ゆずの恋愛観の話もぶっ飛んでて忘れられないし、森脇のことを考えると、最後の方はいたたまれない気持ちになって——やっぱ、恋愛って難しいよねって思った。

すべての始まりは、学祭が終わってすぐのお昼休み。

わたしは森脇に手招きされて、なんかあったかなと思って森脇のところに行くと、「学祭、マジでありがとな。めっちゃ助かった。一位は取れなかったけど、クラス展示は学年で二位だったし……って、それは前に言ったよな……えっと、悪ぃ、ちょっと来てくれるか？」と、教室の外に連れ出され、え？ 本当に何なの？ と思いながら着いて行くと、廊下の隅で立ち止まって突然「今週末、ちょっと付き合ってくんねぇか？」と言って、手を合わせられた。

「付き合うって……？」

「あーっと、そういう意味じゃなくて、時間を作って欲しいっていうかだな……」

森脇が急にしどろもどろになって、あ、わたしも別にそっちの付き合うだとは思ってなかったんだけど……ってなって、慌ててる森脇が面白くてちょっと笑いそうになった。

「どういうこと？ 具体的に教えて」

森脇が言うには、森脇はゆずが好きで、ゆずを遊びに誘えば二人で会ってはくれるけど、目的地に着いてやろうとしてたことが終わるとすぐ帰っちゃうって話を純にしたみたいで、純はそれなら二人で会うよりも大人数の方が良いみたいなことを言ってたらしい。

あー、純が前に教授絡みでお願いしたいことがあるって言ってたのは、これのことね。

「でもさ、それなら慈衣菜でいいんじゃない？ 森脇は同じ部活の仲間でしょ？ ゆずだって慈衣菜のこと慕ってるし、別にわたしじゃなくても――」

「声は掛けたんだが、撮影があるんだと」

「じゃあ、仕方ないか。でも……わたし？」

「白崎にも声掛けるからさ」

「えっと……森脇さぁ、わたしと純の間に何があったか知ってるよね？」

「まぁまぁ。ちょっと落ち着いてくれ。それは俺もわかってる。ずっと気まずい感じだったのも理解してる。俺だって、その、最近の神宮寺、元気ないなって思ってた……けど、学祭で準備とか色々やってるうちに、表情が明るくなったっていうか、元気を取り戻したのかなって思ってさ……白崎とも普通に喋ってる感じだったから……もう良いのかなって思ったんだ」

え？　何？　超わたしのこと見てんじゃん……。

「まぁ、前よりは純とも話せるけど……それはそれって言うか、わたしは那織が一緒か、那織が良いって言わないとイヤかな。勘違いされたら困る」

「そう……だよな。うん、姉様の言う通りだ」

「ねぇ、そのたまに出てくる姉様って言うの、やめてよ。前も言わなかったっけ？」

クラスで話をしたりする時は普通に神宮寺って言うのに。

「ああ、悪い。話の中にあの妹が出てくると、自然に出ちゃうんだよな。ほら、二人とも神宮寺だからさ、俺の中で見分け付けようと勝手に……これからは下の名前で呼んでいいか？」

瑞真とか男バスは琉実って呼ぶし、他の男友達からもそう呼ばれるけど……森脇に下の名前で呼ばれるの、めっちゃ違和感あるかも……いいんだけどさ……。「ま……いいけど……」

「なんでそんなイヤそうなんだよ」

「ごめん。イヤっていうか、想像してみたらめっちゃ違和感あった」

「んだと……ぜってぇ呼ばねぇかんなっ！　よしわかった。俺は時流を読める男だ。これからは苗字＋さん付けで呼んでやる。それで良いだろ、神宮寺さん」

「それ、めっちゃキモいからやめて。森脇に呼ばれるの、首筋がぞわぞわする」

「はぁ。ったく、わがままなのは妹譲りか？　あ？」

ていうか、何の話してたんだっけ？　あ、ゆずとどうのって話っ！

「その話は置いといて、どうすんの？　わたしは行かなきゃダメ？」

「あー、そうだったな。メインはその話だった……とりあえず、放課後に妹交えて相談してみる、で良いか？　それなら文句ないだろ？」

「うん」

そんな感じで森脇とは別れて、事情を知ってる純と一緒に、放課後部室に向かった。

「休み時間、森脇からゆずの話された。前に純が言ってたのって、その話でしょ？」

「ああ。言うの遅くてごめん。教授より先に琉実の耳に入れておきたかったんだが……雨宮に断られたから焦ってるのかも知れないな……」

部室に入ると、那織と森脇が仲良さそうに言い合っていた——これはイチャついてたって言った方がいいのかもって感じ。

「だーかーらっ！　何で私が教授とダブルデートみたいな事しなきゃなんないの？　てか、二人だと間が持たないって何？　間が持つ様になってから遊びに行けば良いじゃん。で、学校だと喋り足りないから、今度は外でゆっくり話そうってなるんじゃないの？　まあね、百歩譲って私と純君と柚姫に共通の趣味が有って、教授もその輪に入って仲良くしたいから一緒に出掛けようってなら分かるよ？　後は、全員の趣味が同じ場合とかね。そうじゃないじゃん。私と純君と教授には共通の趣味に関する話題があって、柚姫には無いじゃん。柚姫はそれで楽しめるの？　夏休みに行った海の時は慈衣菜と琉実が居たから成立してたのであって、今回は違く無い？　さっきから頼む相手と内容が違うんだって」

「神宮寺の言ってることも分かる。分かるけど、そこは友達として協力してやろうみたいな気持ちはないのかよ。なんだ、自分は彼氏が出来たからあとは知りませんってか？」

「はぁ？　全然分かって無いじゃん。私は、柚姫が可哀想じゃない？　って話をしてるの。私と純君が行って柚姫は喜ぶの？　私と純君だと、結果は一緒じゃない？　って言ってるの」

　割って入るなら、このタイミングかな……。

「あのぉ、お取り込み中のところすみませんが——」

「お、真打ちのお出ましだ。待ってたぜ。こっちは早くも交渉決裂しそう——」

「琉実も教授に呼ばれたの？」

「うん」

那織がふーんって顔で、「琉実に声掛けてるなら、私は要らなくない？」と言った。

「けど、それだと男は俺一人になっちまうだろ？」

森脇が顔色を窺うように那織を見て、ちらっと純に視線を移した。

「ああ、そう云う事ね。はいはい。分かりました。純君が嫌じゃ無いなら、私抜きで行って下さって大丈夫です」那織はそう言って立ち上がると、純の近くに来て「純君は行く積もりなんでしょ？」とさっきとは違うトーンで言った。

「友達として協力してやろうって思ってるよ。役に立たないと思うけどな」

「純君の意見が役に立つとしたら、面倒臭い幼馴染の双子に教授が絡まれた時だね」

「わたしまでめんどくさい双子で一緒にしないでよ……まぁ、もし森脇に幼馴染の双子が居て修羅場を迎えたとかなら、わたしもアドバイスできるかも。特に、妹が偏屈で厄介な地雷気味な子だった場合なら任せて」

「は？　私は地雷じゃ無くない？」

「那織は埋まってるんじゃ無くて、どちらかと言えば見えてる――」

「ちょっと純君。今のは全然面白く無い。そこは普通フォロー入れるとこでしょ？　て言うか、今、私の事を爆弾扱いしたよね？　後でお説教だから。覚悟しておいて」

「(早速地雷踏んだね)」

純に耳打ちすると、

「今のは悪ノリした僕が悪いから仕方ない」と言って笑った。

そんなやり取りがあって、ゆずと遊ぶことになったんだけど、わたし的に純と二人ってのはよくない気がして、麗良にも声を掛けた。気乗りしないかもなと思ってたし、断っても全然良くて、ちょっとでも気晴らしになればくらいの感じで言ってみたら、「暇だから良いよ」って言ってくれて、当日――週末に五人で集まった。

ゆずは後輩たちと学祭に顔を出してくれたから超久し振りって感じじゃなかったけど、純と会ったのは夏休み以来らしく、会っていきなり純に「どうして琉実先輩を振っちゃったんですか？　だからって那織先輩を振れって言ってるんじゃないですけど、それにしたってあんまりじゃないですか？」と絡んでて――ずばっと言ってくれてゆずありがとうって、ほんのちょっぴり思っちゃったのはここだけの話。

それはそれとして、森脇はわたしが思ってる以上にダメダメだった。

積極的にゆずに話し掛けるのはいいんだけど、話は広がらなくて、何回かやり取りしたら途切れるってパターンを何度も繰り返してて、ああ、これはゆずも帰るわって感じだった。

お昼を食べて、ボウリングして、ゲームセンターに寄ったりショップを見たりして、夕ご飯を食べて解散って流れだったんだけど、わたしと麗良がいなかったら、夕食には辿り着けなかっただろうなって思った。森脇はゆずと会話が途切れると、すぐ純と話そうとするし、純も森脇の会話に付き合っちゃうし——そうなると、必然的にわたし達三人で盛り上がっちゃうって感じで……正直、それはそれで楽しかったんだけど。きっと、麗良も普通にわたしやゆずと遊んだって感覚だったと思う。

でも、あのノリと勢いだけの森脇がそんな風に緊張してるのも珍しくて、応援してあげようかなって気にはなったのも本当で、お手洗いのタイミングとかでゆずに探りを入れてみたりもした。案の定、ゆずは全然そんな気はなくて、「暇だし、フリーだから遊んでますけど、男としてどうこうってのは全然ないっすね」と言っていた。

「まぁ、相手は森脇だしねぇ。悪いヤツじゃ無いんだろうけど、私はああいう軽いノリのヤツは好きじゃないんだよね。白崎も、よく森脇とつるんでるなって思ってるくらい」

麗良がそう言って、それはちょっと森脇が可哀想だなって思って「でも、文化祭の準備とかめっちゃ真面目にやってたし、意外と頼りになったよ」ってフォローしたんだけど、ゆずがリップを直しながら「ゆずは軽いとか真面目とかはどーでもいいんですけど、シンプルに顔が好みじゃないんですよね。遊ぶ分にはいいんですけど」と言った。

麗良がこれはダメだなって顔でわたしを見た。

「実際、二人もそうじゃないですか？　だって、顔が好みじゃない人とキスできます？　最悪、セックスはできるかもしれないですけど、キスは難しくないっすか？」

せっ、せっく……す……？　今、セックスって言った？　さらっと言ったよね？　ゆずって年下……まぁまぁまぁ、落ち着こう。うん。ゆずだって経験くらいあるよね。いつも彼氏いたしね。麗良だって中学のときだし、わたしだって考えたことあったし……って、そこじゃないっ！　そこじゃなくてっ！　さっきのは何っ？　キスは難しいけどセックスはできる？　どういうこと？　呆気にとられるわたしを置いたまま、ゆずは続ける。

「なんか、ゆずと付き合いたいのかなぁとは思うし、こうして先輩二人を呼んでまでって、もう完全にそういうじゃないですか？　それはそれでいーんですけど、付き合いたいならさっさと告ってくれた方が楽かなーって思うんですよね。付き合ってみたら、意外とありってなるかも知れないし、それこそキスしてもいいやって思えるかもじゃないですか。だらだらされるんだったら、告るとか考えないで欲しいです。友達として遊ぶ分には良いですけど」

ゆずについて、すぐ彼氏ができるけど、秒で別れるってみんな言ってて、それは中等部の頃も部内では有名だったんだけど——ちょっとわかったかも。多分、ゆずは付き合ってから判断するんだ。とりあえず付き合ってみてから考える……だからすぐ彼氏ができるけど、同じようにすぐ別れるんだ。あー、なんか、なるほどとは思うけど、わたしにはわかんないなぁ。

でも、そういうことなんだって妙に納得した——と思ってたら、麗良もそんな感じだったみたいで、「だから、途中で帰るんだ」と、すっきりした表情で言った。

「そう！　そうなんですよ。あ、今日はもう無いなってなったら、いーかなって。ゆずだって最初はちゃんと最後まで付き合ってましたよ？　どーゆー気持ちで誘ったんだろうなって。でも、二回目以降はもう確定っぽかったし、だったら早く言って欲しいなって。そん時に気分があがってればOKするかもですし、さがってたら断るかもなんで、わかんないですけど」

「ゆずの考え方だとそうなるよね。あれでしょ、ゆずは付き合うとか付き合わないとか考えるのが面倒くさいって感じなんでしょ？　駆け引きはだるい的な？」

麗良がそう言ったのを聞いて、わたしは横浜でのデートを思い出した。

あのときのわたしは、早く言って欲しいけど、言って欲しくないって思ってた。わたしは振られる側だったから、聞きたくないって気持ちが強かったし、聞いたらもう終わるって感じだったけど、苦しすぎて、辛すぎて、いっそ楽にしてって想いもあって――それとは違うんだろうけど、そういう風に悩みたくないってことなのかなって思った。

ただ、どうしても一個だけ気になるっていうか、引っ掛かる。

「そうなんですよ！　わかってくれます？　なんか、ゆずって、どうしたいのかがわかんないってゆーか、はっきりしない感じがすっごくもやもやするんですよ。ゆっても、麗良先輩は彼氏いるんで、今さら告白がどうとかって感じじゃないとおもいますけど――」

「あ、ごめん。まだ言ってなかったよね。別れた」

「別れたんですか？　なんで？　え？　琉実先輩は知ってたんですか？」

「え？　あ、う、うん」

「ちょっとー琉実先輩、今、大事なトコだったんですけど、聞いてました？」

「ご、ごめんね……あ、あのさぁ、訊いてもいい？」

「ん？　なんです？」

「その、ゆずの話聞いてて、ゆずの考え方とか言いたいことはなんとなくわかってきたんだけど、ちょっとどうしてもわかんないのがあって――」なんて言っていいか、わたしは思わず小声になる。「（その……セ……セックスできてもキスできないってどういうこと？）」

言った瞬間、麗良が盛大に噴き出した。

「ちょっとっ！　人が真剣に訊いてるのに笑わないでよっ！」

「だって、急に小声で……しかも、それ、めっちゃ最初の方の話じゃん。もしかして、ずっと気になってたの？　琉実ってさ、この手の話、結構好きだよね？」

「ちょっとやめてよ。そんなんじゃないって。てか、麗良だって気になるでしょ？」

「まあ、改めて言われると……そっか、そうだね。キスできない相手とは無理だわ」

「でしょ？」とか言ってるうちに気付けばめっちゃ時間経ってて、もう何の話をしてるのかよくわかんない感じになって――まぁ、うちらが戻ってからも、森脇はあんまりゆずと盛り上がったりはなくて、心の中ではゆずと付き合うのは簡単かもだけど、色んな意味で手ごわい相手だし……これは森脇を応援していいのかなって思いながら見てた。

そんな感じでそのあとは特に何も起こらなかったんだけど、帰り際に別の事件が起きた。

そう、亀ちゃんを目撃した。

　解散して純と帰ろうとしたとき、駅の構内を歩いている亀ちゃんを見付けた――亀ちゃんの隣には男の人が立っていて、わたしが手を振ろうとしたら、純に止められた。

「ちょっと待って」

「どうしたの?」

「あれ、柚姫のお兄さん」

「それって、前に那織が言ってた――」

「そう、あれが那織の言うマープル……引き返そうか」

「うん……だね。邪魔しちゃ悪いし、別の電車にしよ」

　わたし達は、一旦、駅構内にあるカフェに避難した。

　わたしはまだゆずの言葉の衝撃と森脇はゆずと付き合って幸せになれるのかで頭の中が混乱してたからか、亀ちゃんの姿を見て、動揺していた――ゆずのお兄さんがどんな人か詳しく知らないし、亀ちゃんに限ってゆずみたいなことは言わないだろうなって思うけど、亀ちゃんの恋バナを聞いた覚えがないからホントのところはわかんなくて、しかも那織があーだこーだ言う割に亀ちゃんはそこまで興味ないって感じだったし、こうも自分の周りで立て続けに恋愛絡みで色々起こると――もう完全にキャパオーバーだった。

　夕ご飯を食べたあとだったし、お腹は空いてなかったから、わたしはカフェモカ、純はコーヒーを頼むだけにして、席に着いた。十分、十五分くらい潰せれば大丈夫でしょって。

「ね、ゆずのお兄さんって、実際のところどんな人なの？　ほら、大分前だけど、那織が言ってたじゃん、えっと……純を拗らせて嫌味を足した感じだっけ？」

「言ってたな、そんなこと。それは誇張してるって。言うほど悪い人では無いよ」

「じゃあ、どんな感じなの？」

「物静かで理知的な性格だな。常に落ち着いていて、淡々としてる。教授とは正反対。そう云う意味で言えば、感情表現が豊富なタイプではないな」

つまり、純を拗らせて嫌味を足した感じね——ゆずが嫌うわけだ。何考えてるかわかんないのはストレス溜まるって言ってたし。なんか、繋がったかも。

「そうなんだ。亀ちゃん、大丈夫かな」

「古間先輩は紳士的な振る舞いをすると思うし、心配は要らないんじゃないか」

そっちの心配じゃないんだけどな……もっと、気持ちとか感情面の話で——そのうち、亀ちゃんに直接聞いた方が良さそう。純とか那織を通すと、わけわかんなくなりそう。

あ、でも、今回の話って内緒にしてた方がいいのかな？

純も知らなかったみたいだけど、那織はどうなんだろう……「ね、那織には言う？」

「いや……那織と亀嵩の関係性を考えると、暫く黙ってた方が良いんじゃないか？」

「関係性って？」

「亀嵩が那織に予め伝えていたなら良いけど、もし言って無かったら、ちょっと微妙な空気にならないか？　この件はそっとしておいた方が無難な気がする」

「そうだね。純の言う通りかも」

あの日以来、わたしは亀ちゃんの話は誰にもしていないし、森脇がゆずに告白したって話も聞いていない。部活のいつメンとかならいいけど、普段恋バナとかしない二人だから、わたしが色々突っ込むのもよくないかなって思って——だからこそ、意外だったのもあるし、思うところもあって、恋愛ってなんだろうっていまだに考えちゃう。

そんなことを思い出しながら、ゴミの袋を縛ってると、鉄板を洗い終えた純が「それ、一緒に持って行こうか？」と言ってきた。

「いいよ。鉄板、重いでしょ？　一緒に行こ」

「分かった」

管理棟に向かって歩き出しながら、まだ那織が炭を片付けてるのを確認する。

「ねぇ、那織から亀ちゃんの話、あったりした？」

「いや、特にないな」

「そっか。で、森脇は？」

「僕が知る限り、そっちも進展なし」

「ふーん。そっか」

「二人の事が気になるのか？」

「まあね。実は……あれからずっと気になってる」

「教授の話は分かんないけど、亀嵩の方は、後で那織に探りを入れてみるか」

「うん――あ、そう言えば、ちゃんと那織の服とか、褒めてあげた？」

「何だよ、急に」

「どうなの？　言ったの？」

「ＳＡに寄った時、何となくは……」

「はぁ。何それ。あの子、めっちゃ時間掛けてたんだから、ちゃんと褒めてあげないと可哀相だよ？　そういうの、根に持つタイプなんだから。知ってるでしょ？」

　多分、わたしの立ち位置って、きっとこういうことなんだろうなって思った――なんだかんだ言って、わたしは二人の世話を焼いてるのが好き。純に未練がとか那織を羨ましいとかがゼロではないけど、それ以上に三人でいる時間が、やっぱり好き。

　二人と話して、わたしは気持ちが楽になった。でも、それだけじゃなかった――大事なことを見落としていた。純と那織はわたしを邪魔者扱いしなかった。

　三人でいることを望んでくれた――二人とも優しすぎるって。

だからわたしは、今までと同じように二人の世話を焼くんだ。

（神宮寺那織）

※　※　※

お腹が一杯だからか知らないけれど、片付けてる間ずっと惚けてた癖に、一通り片付け終わった後、帆波お姉ちゃんが「さて、このあとどうしよっか？」って訊いた瞬間、リードを持った飼い主を見付けて尻尾を振る犬みたいな顔で琉実が「いっぱい食べたから、次は身体を動かしたいっ！」とか言い出して、それを真に受けた帆波お姉ちゃんが「そうだっ！　これ、完全に私の趣味になっちゃうんだけど……みんなはカートってやったことある？」とか意味不明な事を言い出した。籠で水汲みを命じられても運動になるからと狂喜しそうな脳筋と機械とか車が大好きな瓦斯倫脳が反対する訳も無く、仕方無しに「行ってから考える」と大人な対応を見せた私は再び乗り心地の悪い車の後部座席に押し込まれた。

カート場なる施設は想像より小さく、既に何人かコースを走っていた――断続的に鳴り響くけたたましい排気音や悲鳴の様なスキール音で鼓膜が蹂躙される中、女は「カートなんて初めて。小さい頃にゴーカートみたいなのには乗ったことあると思うけど……」とか「すっごい速いね」なんて興奮し、男は「僕も本格的なカートは初めてだな」とか「時速何キロくらい出るんですか？」等と、引率の女子大生に絡んでいる。超前のめりだし、興味津々じゃん。

食後の運動として不適当と思ってるのは私だけ？　そもそも運動したくない——歩かされるよりかは良いけど。自然の中に連れて行かれて、さぁこれからハイキングだっ！　等と言われた日には車の中でお昼寝するしかないし、カートなら座ってれば良いって考えれば許容出来なくも無い。それに、あの二人があそこまで盛り上がってるなら……ちょっと待って。

　ヘルメット被るの嫌なんですけど。

「これなら、那織も良いよね？　自分で走ったりとかじゃ無いし」

「そうだけど……私は見てるから、二人でやって来なよ」

「そんなこと言わないで、那織もやろうよ。ほら、純からも言ってよ」

　純君の顔を見る——あ、これはだめだ。劇中車のミニカーを見付けた時の表情だ。やりたくて堪らない目をしてる。「折角なんだから、三人でやろうよ」

だよね。そう言うよね。知ってた。二対一は覆らないよね。倍以上の戦力差を如何にして埋めるか。気分は完全にテルモピュライでペルシア軍を待ち受けるレオニダス一世——って、それじゃ負け？　否、敢えて言う。来たりて、取れっ！　此処で負けて堪るか。

「でも、私、スカートだし……純君以外の人にパンツ見られちゃうよ？」

　これが切り札——琉実はTシャツにパーカ、下はカーゴパンツとスニーカーって云う運動どんと来なはれみたいな格好をしているから良いけど、私はミニスカートにパンプス——彼女の下着を他人に見せびらかしたい性的嗜好が純君にあるなら甘んじて受け入れるけれど、そんな歪んだ願望は無いって信じてる。そして最後の一押し——さり気なくとかじゃ無い、がっつり純君の腕にしがみ付いて一言。「純君より先に、係の人が私のパンツを見ちゃうかも」

戦線を離脱してお姉ちゃんと喋っていた筈の琉実が戻って来て、私の肩を叩いた。

「ね、那織っ！　ジャージ貸してくれるって。あと靴も。その恰好だと出来ないでしょ？」

そんな良かったねみたいな表情で総てを台無しにしてっ！！！

「分かった。分かりました。やります。やれば良いんでしょ」

「そう来なくっちゃ。じゃ、お姉ちゃんに言ってくるね」

事務所に向かった帆波お姉ちゃんを追って走り去る琉実を見ながら、純君の顔をじっと見て私は言った。「やらせるからには、ちゃんと見返り用意しといてね」

「見返りって……何が欲しいんだ？」

「それは自分で考えて」

免許を持っていない私達はまず講習を受けさせられた。これは良い。施設側としては当然の対応。借りたジャージを穿くのも、この際我慢する。今日の為に新調した下着を純君以外に見られたく無いから、ダサくて恰好悪いけど穿く。問題はヘルメット。って言うか、嫌な理由の大部分がヘルメット——髪を解かなきゃだし、イヤリングも取らなきゃだし、折角セットしたのに無駄じゃん。はぁ。後ろで髪を一つに結んで、ヘルメットを被る。

これで終わったと思ってた――のにっ！　まだ伏兵が潜んでいたっ！　忌わしきシートめっ！　何でこんなに狭いのっ⁉　お尻を収めるだけで一苦労だったんですけどっ！　何？　私のお尻が大きいって言いたいの？　ねぇ？　そうなの？　係の人に肩を押して貰わなきゃ座れないって何なのっ⁉　明らかに設計ミスでしょ。てか、こんな辱めを受けるなんて聞いてないんですけどっ！

嗚呼、可哀想な私のお尻……窮屈な思いさせて御免ね。恨むならあの三人を恨んで。

帆波お姉ちゃんが走り出して、それに純君と琉実が続いていく。

走った感想――めっちゃ疲れた。振動凄い。お尻痛い。以上。

カートから降りた後もまだ掌に振動が残ってて変な感じがする。あと、ヘルメットを脱いだ時の解放感は半端じゃない。てか、鏡どこ？　前髪とか諸々直したい――のに、先に終わってた琉実が飛び跳ねる子山羊みたいな勢いで駆け寄って来た。

「どう？　楽しかった？　てか、ぶつけちゃってごめんね」

「ほんとだよ。轢き殺されるかと思った。てか、超疲れた。腕痛い」

「ね。わたしもこんなに体力使うとは思わなかった！」

「あとお尻がめっちゃ痛い。あのシート小さくない？　乗る時、超大変だったんだから」

「めっちゃ苦労してたもんね——お尻が立派だと大変だね」

一刻も早くジャージを脱ぎたいのに、琉実が私のお尻を弄って来る——ほんと性格悪くて嫌になる。「何それ、嫌味？　お尻が大きいって言いたいの？　てか、触んないで」

「まさか。そこまで言って無いじゃん」

「じゃあ何でにやにやしてる訳？」

「してないって」口では否定しつつも、睨め付ける私から逃げるかの如くタイミングよく寄って来た男の元に駆け寄る我が姉。まじで唯の女狐じゃん。「あ、純はどうだった？　てか、何気に速かったよね？　カーブでめっちゃ追い付かれたもん」

「琉実も速かったよ。しかし、思ってた以上に楽しかった。今までだったら琉実とは勝負にならなかったけど、身体を使う系の物でもカートなら戦えるって分かった」

純君、その柳腰気取りに騙されないでっ！　半端じゃ無く性格悪いからねっ！

「純はあんまり回ったりしてなかったよね。わたし、最初の方は結構回っちゃった。それが凄く悔しい。しかも、那織に当てちゃったし——」

「それ！　純君見てた？　琉実ったら、超酷いんだよ？　私がタイヤは粘弾性だからアモントン・クーロンの法則は絶対じゃないよね——とか考え乍らカーブを曲がってたら、いきなり後ろから突撃して来たんだよ？　有り得なくない？　琉実が余計な外力を加えた所為で、凝着摩擦とヒステリシス摩擦が限界を迎えて回っちゃうし。超迷惑。絶対狙ってたでしょ？」

「狙ってないって。わたしはお姉ちゃんを追い掛けるのに必死で――てか、お姉ちゃん速すぎない？　全然追い付けなかったんだけど」

個人のタイムが印刷された紙を私達に配り乍ら、帆波お姉ちゃんが「こちとら普段から車を転がしてますから。でも、琉実ちゃんもスピンしたのは最初の方だけだったし、ちゃんと体重移動も出来てたじゃん。体幹もしっかりしてるし、やっぱ運動神経良いんだね」

「ありがとう！　でも、超悔しい」

「走りながら何となく思ったんですけど、やっぱり体重移動を意識した方が良いですか？」

「うん。体重移動こそが肝だよ。あと、体重差とか体格面も凄く影響する。私はみんなの中で一番小柄でしょ？　実はそれだけで有利なんだよね――どうする？　まだやる？」

帆波お姉ちゃんが純君と琉実の顔を見比べる――やるんだろうなと思って居たら、想定通り二人揃って「「やりたい」です」と言った。それからお互いのタイムを見せ合って「よし、琉実にベストタイムで勝った」だの「待って、すっごい悔しい」と言い合っていて、まあこんなに楽しんでるなら良いか、と保護者気分になった。勿論、私はもうやらないけど。

腕もお尻も痛いし。見てるだけで十分……純君、その女狐に負けたら許さないからね。

カート場を後にして、近くの温泉に寄った。露天風呂に浸かり乍ら盆地のコンパクトな景色を見ていると、さっきまでの狂乱が遠い過去の話に思えて来る。あんな機関銃が音を立てている様な場所に長居するもんじゃない。やっぱり、人間ゆっくり生きるに限る。

「はぁ、もう腕パンパンになっちゃった」

「調子に乗って走り過ぎだって」

「めっちゃ楽しかったんだもん。きっと純も、腕痛いって騒いでるよ」

「琉実と純君じゃ基礎体力が違うし、琉実は腕を使うスポーツしてる分マシかも」

「でも、普段使う筋肉と違うから、感覚が全然違う。なんか、レースとかがモータースポーツって言われるわけがわかったよ。確かにあればスポーツだ」

「それは同意。私も思ってた以上に疲れた」

「お尻がハマんないし？」

「うっさい。魅力的とか煽情的と言い給え」

「別にデカいとは言ってないじゃん。けどさ、今日は本当に楽しかった。久し振りに心の底から遊んだ。それに、純とあんな風に競ったの、初めてかも」

お湯に浸かって、身も心も緩んでいたんだと思う。そう言った時の琉実の顔は、きっと純君と付き合っていた頃に戻っていた。でも、別に良い。今日ばかりは私も楽しかったから。腐れ女狐の称号も取り消してあげる——那織様はなんと寛大な御心をお持ちなのかしら。

「確かに、アクティビティで純君が琉実と張り合ってる姿は初めて見たかも」

「だよね。無いよね？」

「うん。記憶に無いかな」

「何だかんだ言ってもさ、付き合い長くても知らないことってあるよね」

「そうだね。実の妹が魚を触れないって思い込んでたりとかもあるしね」

「騙しといてよく言うよ」

「騙そうとなんてしてないし。勝手に勘違いしただけでしょ？　ねぇ、そう言えば、何かで読んだんだけど、熊猫って双子を産んだら一匹しか育てないんだって」

「いきなり何？」

「元気そうな子を選んで、もう一方の子は見捨てる。育児放棄。それを読んだ時、きっと熊猫だったら、私は捨てられてたなって思った」

「那織……？　どうしたの？　なんかあった？」

「ううん、何も無いよ。頭寒足熱状態で物思いに耽ってたら、ふと思い出しただけ」

違う。本当はカート場でそう思った。楽しそうに張り合っている二人を見て、きっとこれが健全な姿なんだろうなんて考えていたら、受付から帰って来た帆波お姉ちゃんが「付き合わせてごめんね」と言ってアイスの緑茶をくれた。私は楽しんだ部分が耳掻きの先程度は有った事を素直に伝えた上で、一つの疑問をぶつけてみた。この歪な関係の中で、私は琉実に対してこれからどう接して行くべきなのか、と。帆波お姉ちゃんは「試行錯誤して見付けるしか無いんじゃない」と言って、それじゃ答えになってないかと笑った。

答えが返って来るとは思って居なかったし、自分の中にある物以上の言葉は得られなかったけど、そんなもんだよねって云う納得だけは出来た。きっと、今日は試行錯誤する為に与えてくれた一日だったんだなって思ったけれど、もう要らない気がする。

「お母さんがパンダだったら、那織を見捨てたりはしなかったと思うよ」

そう言って琉実が軽く頭をぶつけてきた。濡れた琉実の毛先が肩に触れ、ひんやりとして嫌だったけれど、回答としては満点だったと思う――私の身体には流れていない言葉。

「元ヤンパンダか……」

「やめてよ。今、わたし、自分でもめっちゃいいこと言ったなって思ってたのに」

「てか、そんなことよりラーメン食べたくない？」

「もう、本当にあんたは話があっちに飛んだりこっちに飛んだり……賛成」

「だよね？　肉とか魚は食べたし、あとは麺類が最適解じゃない？」

「ちなみに、何ラーメン？」

「醤油」

「大賛成。お姉ちゃんに言ってみよっか」

「純君の意見は無視って事ね。良いと思う」

「そっか、純にも訊かないと――」

「でも、現時点でラーメンに二票入ってる。夕飯は皆が食べたい物で良いって、帆波お姉ちゃんは言ってたよ？　詰まり、票数にはカウントしない。て事は？」

「ラーメンで決まりだっ！」

（白崎純）

※　※　※

露天風呂で温まったとは言え、日が落ちて来ると結構寒い。

那織達が出て来て、開口一番「夕飯はラーメンにしない？」と言った。女性陣を待っている間に、すっかり身体は冷えてしまっていたので、ラーメンは素直に賛成だった。

車に乗り込む時に盗み見たお風呂上がりの那織は、上気した頬がほんのり赤らんでいて髪を下ろしているのに何時もより幼く見えた。

連れて行ってくれたラーメン屋は有名なお店らしく店先で何人も待っていたが、流石ラーメン、回転が速くそこまで待たずに店内に通された。味は文句無しに美味しく、餃子も餡がぎっしり詰まっていて絶品だった。終始遊んで、美味しい物を食べて本当に良いんだろうかと不安になってしまう様な一日だった——おばさんから、「お金の心配はしなくていいからね。お母さんとも話はしてあるし、帆波ちゃんに渡してあるから」と言われていたので、甘えさせて貰っているのも大きい。

高校生の小遣いでは、今日みたいな遊び方は出来なかった。

個人的には、カートが思った以上に楽しかった。機械が好きとは言え、エンジンの付いた乗り物を運転してレースするなんて経験は初めてで、振動や匂い、風圧、加減速や旋回時のGだったり、そしてそれを自分で操っている感覚の、どれもが新鮮で面白かった。本を読んだり映画を観ているのも好きだが、それと同じくらい機械に触れるのは楽しい。琉実とガチンコで勝負出来たのも印象的だった。今日の事は、暫く忘れないだろう。

最初はどうなるだろうかと思って居たが、来て良かった。

夕飯を食べ終え、コンビニで飲み物やらお菓子を大量に買い込んで向かったのは、ホラー映画の導入に出て来そうな真っ暗な山道だった。ただ、車の往来はあるのだろう、荒れている感じは無い。しかしそこは山道、きついカーブも多く、カートを運転したからか帆波さんがどうやって運転しているのか気になる反面、那織が酔ってないか心配になる。話し掛けようと身を捩じると、酔いよりも恐怖が勝っていたのか腕を摑まれた――薄ぼんやりしか見えないが、これは怖がってる顔じゃないな。「本当に真っ暗だな」

「ね。何か出て来そう」

「那織だったら、何を出す？」

「ここはやっぱり王道でしょ。車が故障して身動きが取れなくなり、携帯も繋がらず、仕方なく助けを求める為に歩いて辿り着いた村には呪いが……とかじゃない？　ゾンビとかでも良いけど、周りの木々が見るからに日本の森って感じだし、私ならジャパニーズホラーかな」

「その展開は捨て難いよな。ミステリの導入にだって使える。僕は、UFOに遭遇するか、着陸してるUFOや宇宙人を目撃、場合に依ってはアブダクションされるのもありかなって思った。UFOとの近接遭遇で言うなら、第一種と第三種、そして第四種」

「UFOは考えて無かった。私なんて、幽霊物と思わせて『フロム・ダスク・ティル・ドーン』のパターンも良いなとか思ってた。うん、UFOも良いね。其れも有り。今風に言い直すなら、Unidentified Aerial Phenomenaだっけか。でも、UAPだと宇宙人感が薄いよね」

「ちょっと！　怖い話するの、やめてくれる？」

助手席から身を乗り出した琉実が、低い声で言った。

「何？　怖いの？　もしかして震えてる？　身体の顫動が止められない感じ？」

「那織だって怖いんでしょ？　純にしがみついてんじゃない」

「これはいちゃついてるだけだし」

「はいはい。だったらいちゃつかないで貰えますか？」

「琉実こそ、後ろ何か見てると、ぼんやりとした白い影が見えるかもよ？　どう？　私と純君の間に誰か乗ったりしてない？　車に付いて来る幽霊は居ない？　怖いから確認して」

「や、やめてよっ！」

琉実が慌てて前を向き、助手席の背凭れが揺れた。

「もしかして、みんな怪談を求めてる？」

「求めてないって！　お姉ちゃんまでやめてっ！」

「とっておきのがあるんだけどなぁ」

「いいって。全っ然これっぽっちも聞きたくない」

琉実が両耳を塞いで叫んだ所で、道が急に開けた。枝葉の屋根が無くなり、月光が降り注ぐこの一帯はぼんやりと明るい。これだけ明るければ暗視装置が無くても見えるなとフロントガラスの先に目を遣ると、頼りない街灯とログハウスが視界に入った。別荘は言い過ぎだけど小屋よりはマシと言われれば頷かざるを得ないが、僕からすれば十分過ぎる程だった。

ログハウスの脇に停車し、帆波さんが「着いた」と言った。

車から降りて周囲を見回すと、防獣用の電気柵だろうか、柵で囲われた畑が広がり、奥には灯りの点いていない家が一軒建っている。奥に向かって延びる脇道や不自然に点在する空き地の感じからすると、元々は集落だったのかも知れない。

「どう？　思ってたのと違った？」

「いえ、ここは元々どんな土地だったのかなって思ってただけです」

「お祖父ちゃんの生家の跡地、だね。これはお祖父ちゃんが老後の趣味にって退職金を無駄遣いした産物ってとこかな。ちょっと鍵開けたりしてくるから、荷物の準備してて」

「はい、わかりました」

帆波さんがログハウスに入って行く。

「住んでもない土地にこんな物を建てるって発想が、地方ならではだよね」

腰に手を当てて、那織が仁王立ちの姿勢でログハウスを見ながら言った。

「僕等の家の周りに山なんてないしな。でも、こういう土地で畑をやりながらのんびり過ごすってのも、理想の老後ではあるよ。素直に羨ましい」

「まさに晴耕雨読。純君は好きそうだよね」

「わたしも良いなぁって思ったんだよね。めっちゃ素敵じゃない？」

「まあね。ただ、身体が動く内は良いけど、実際に住むとなったら超不便じゃない？　だからこそ、お祖父ちゃんも家は別に建ててるってのが地方の実情を物語ってるね」

「言われてみれば……車とかが無いと買い物にも行けなさそう」

「ただ、さっき来た道がまだ続いている事と、あっちの山の方に送電線が見える事から臆度するに、この上にもまだ人が住んでたりするのかもな」

僕がそう言うと、「立地を考えるときっと水力発電――ダムでもあるんじゃない？」と那織が呟いた。僕は、那織のこういう所がどうしようもないくらい好きだ。

「ダムで作った電気を送る……そっか、電線ってそうだよね。考えたことなかったな」

きっと、琉実の感覚の方が普通なんだと思う。でも、僕は考えてしまうし、それに反応してくれるから、那織と居るのは楽しい。「鉄塔がどうのなんて、普段は考えないよな」

「ちなみに純君は、トラス構造とラーメン構造だったら、どっち派？」

ラーメン構造とトラス構造について考えようとした刹那、帆波さんの声に遮られた。

「みんなっ！　荷物運んでいいよー」

振り返ると、窓に光が灯っている――ログハウスに足を踏み入れると、木の香りに全身が包まれた。心地好い匂いに、僕は思わず深呼吸をする。

リビングの隅には煉瓦が積まれていて薪ストーブが置いてあり、階段を上がると二階はロフトになっていて、ここが寝室なのだろう、畳が敷いてある。ログハウスに畳も悪くない。これならロッジに泊まりに来たと言っても差し支えない。これなら快適に過ごせる――待てよ。もしかして、ここで寝るのか？　全員で？　まぁ、僕は一階で寝れば良いか。

階段を降りようとしたら、那織が上がってきた。「此処が今宵の寝床？」

「みたいだな。ほら見てみな、床は畳だ」

「ほんとだ。超凝ってる……私達は此処で熱い夜を過ごすんだね」

「何言ってんだよ。僕は一階で寝るから――」

「だめ。一緒に寝る」

「そうはいかないだろ。帆波さんや琉実も居るし」

「居なかったら良いの？」

「そう云うつもりで言ったんじゃ無くて――」

「今日の釣り、負けたよね？　後、カート場で言った事、覚えてる？」

「ここで寝ろ、と？」

「さあね。其れは自分の優秀な頭でお考えになって下さいな。ちなみに私はトラス派ね」

　そう言い残して、那織は下りて行った……そう言われてもなぁ。

　外の空気を吸いたくなって外に出た。ポーチの長椅子に座って前を向くと、夜空の濃淡で切り取られた山の稜線と幾つかの星が見えた。こうしていると別世界に来た気さえする。関東平野に住んでいると、山を近くに感じることが無いから余計に――稜線の先にぼんやりと見えるひときわ高い影は富士山だろう。畏怖さえ覚えるその存在感は、信仰の対象になるのも当然だと思える――ドアの開く音がして振り返ると、帆波さんだった。

「今日は楽しめた？」

「はい。お陰様で。ありがとうございました」

「それは良かった」

　暫く沈黙が続いた後、帆波さんが「君は真面目だよね」と言った。

「真面目というより、臆病なんだと思います」

「臆病だから真面目になるんじゃない？」

「なるほど。それは一理ありますね」

「言ってなかったけど、今夜は三人だけだから」

三人だけ？　何を言ってるんだ？　「それはどういう――」

「私は帰るから、三人だけで思う存分語り明かしなってこと」

「お気持ちは有り難いですが、大人が居ないのはまずいかな、と」

「大人が居ない方が話せることもあるでしょ」

「言ってる事は分かりますが……流石に良くない気が……」

「良くないことをするつもりなの？」

「そういう意味では無くて……」

「冗談だよ。その辺は信用してる。叔母さんも信頼してるみたいだし、今日一日ずっと見てたけど、あの二人が大切なんだなってのは伝わったから――だから、たまにはこんな時間があっても良いんじゃないって思ったの。もし何かあったら、二人を守ってあげてね」

そう言い残して戻ろうとする帆波さんの背中に、僕は「はい」と答えた。


（神宮寺琉実）


「埼玉に比べると、寒いでしょ？」

外で純と何やら喋っていたお姉ちゃんが戻ってきた。

「うん。昼間は暖かかったけど、夜は冷えるね」

「だよね。暖房を切ることはないと思うけど、あそこの壁にあるのがリモコンね」

「ありがとう」

　でも、わたしはあの暖炉みたいなのが気になっていた。「あれは使えないの？」

「ああ、薪ストーブ？　使えるけど、ちょっと慣れが要るんだよね。火を点けたら終わりじゃなくて、その後も燃え具合とかで温度を調節しなきゃいけないし」

「そういうもんなんだね」

「私が居ればいいんだけど――さて、私が居るうちに訊いておきたいことはある？　トイレは水洗だし、お風呂は入ったから必要無いと思うけどシャワーもあるし、お湯も出る。ガスも使えるから一晩過ごすのに不足は無いと思う。うん、そこは心配しないで大丈夫。あと、携帯は繋がるからなんかあったら連絡くれれば――」

「え、ちょっと待って。私が居るうちにってどういうこと？」

「ん？　そろそろ帰ろうかなって。ほら、途中で席外すって言ったじゃん。明日の朝にはちゃんと迎えに来るから、そこは安心して。あ、私が帰ったこと、叔母さんとかには言っちゃだめだからね」お姉ちゃんがウィンクした。

「えっと――ねぇ、那織っ！」

　洗面所から那織が顔だけ出した。「何？」

「お姉ちゃん帰るって言ってるんだけど」

わたしの言葉に「え？　そうなの？」って反応した癖に、顔を引っ込めて黙った。

もうっ！　話の途中でしょっ！

洗面所に入ると、那織が鏡の前でリップクリームを塗っていた。

「お姉ちゃん、帰るって」

「さっき聞いた」

「良いの？　わたし達だけってことだよ？」

「私達だけにしてくれるって事でしょ？」

そうなんだけど……。「それで、いいのかなぁ。なんか、悪いことしてる気分」

「悪い事しなきゃ良いじゃん。それとも、する積もりなの？」

「バカ。何言ってんの」

「まぁ、昔に戻ったと思えば良いんじゃない？」

昔に戻った、ね。「那織がそう言うならいいけど」

「それより、唯一の男子は何してんの？　まさかもう怪物に襲われた？」

「やめてよ。純なら、ポーチで星を見てる」

「この寒いのに外に居るの？　物好きだね」

一緒に見ようってならないのが、那織らしいわ。「一応、純にも言ってくる」

「言わない方が良いんじゃない？」

「どうして？」

「そっちの方が、慌てそう」

「本当に性格悪いよね……でも、わかった」

「お互い様じゃん」


　支度を終えたお姉ちゃんと一緒に外に出ると、純はまだポーチの手摺りに肘を突いて夜空を見上げていた。わたしに気付いた純が、「月明かりが邪魔だけど、埼玉に比べると星がよく見える」と言った。わたしは「家からだとあんまり見えないもんね」と返してから、純の肩を軽く叩いた。「ね、お姉ちゃん、帰るって」

「さっき聞いたよ」

「そうなんだ」

　知ってたのかぁ……那織、残念！

　お姉ちゃんが「じゃあ、また明日っ！」と言って車に乗り込んで、帰って行った。遠ざかっていく車の赤い光が見えなくなって、わたしは思わず「行っちゃったね」と言った。

「そうだな。これからどうする？」純がスマホを見た。「まだ八時だ」

「長い夜になりそうだね」

「喋ってれば、案外すぐなんじゃないか？」

「そうかも。てか、寒くない？　よくずっと外に居て平気だね」

純が優しく笑った。「僕も寒いなと思ってた所なんだ」


「ホッケーマスクとか人の皮で作ったマスクを被った大男は居なかった？」

二人でログハウスに戻ると、那織が電気ケトルでお湯を沸かしていた。

「紅茶、飲むでしょ？」

「うん、飲む。ありがと。気が利くね」

「お湯を沸かす位、私にだって出来るし。純君は？　珈琲の方が良い？」

「そうだな。ありがとう」

「いいえ。それより、これからどうしよっか？　肝試しでもする？」

「絶対にイヤ」

「じゃあ、純君に行って来て貰う？　ほら、離れた所に空き家があったじゃん」

「なんで独りなんだよ。言い出した奴が行くべきだろ」

「ちょっと琉実、聞いた？　私に行けだって。酷くない？」

完全にどっちもどっちじゃん。てか、なんでそんな肝試ししたいの？

「行きたいなら二人で行ってくれれば良いじゃん。わたしは絶対に行かないからね」

そう言ったのに、全力で拒否ったのに――普段だったら外に出るのを嫌がる癖に、こんなときばっか那織がやたらテンション高くて、結局三人で行くことになった。ログハウスにあった懐中電灯を持って、わたしは怖いから純にしがみついて、こんな那織を見るのは子どものとき以来ってくらいうきうきで、あっちこっちをライトで照らしながら歩いていた。

遠くでカン高い何かの鳴き声がして、「何か鳴いたよね？　大丈夫？」と言っても、那織は平気な顔して「鹿じゃない？」とか言って全然気にしなくて――きっと、三人だけで泊まるのが嬉しくて、楽しいんだと思った。でも、それはわたしも同じで、純も多分そう。

みんな、子どもの頃に行ったキャンプとか旅行を思い出していたんだと思う。

なんて言うか、ここ居るのは、もう完全に昔のわたし達だった。

空き家に着いたところで何にもなくて、もちろんなくていいんだけど、来た道を戻るときはわたしもちょっとだけ余裕があって、空を見上げると星が流れた。

ログハウスに戻ってから、気付けばわたし達はずっと喋っていた。最初は何かゲームでもしようかって話だったけど、雑談をしているうちにゲームのことなんてすっかり忘れて、三人でひたすら話した――学校のことだったり、最近で言えば森脇とゆずの話だったり、それから子どもの頃の思い出話になって、親の話になって、将来の話もした。

お姉ちゃんがくれた時間は本当に楽しくて、色んなことを忘れられて、わたしはやっぱりこの三人でいるのが好きだなって再確認した。ずっと輪に入ってたいって思った――いつかそうじゃなくなる日が来るから。せめてそれまでは――。

楽しければ楽しいほど、そんなことを考えてしまう。

ひとしきり喋って、時計を見ると、もう十一時になろうとしていた。寝る準備をしようってなって、ロフトに布団を敷いていると純が手伝いに来たんだけど、「僕は此処で寝て良いんだろうか」とか言い出して、わたしは普通に三人で寝るもんだと思ってたから、純がそんなこと言うのがちょっと面白くて笑ってたら、純が「二人してなんだよ」とふて腐れながら立ち上がろうとして――端っこの低くなっている天井に頭を思いっ切りぶつけた。

「凄い音したけど、何っ？」一階から那織の声。

「純が頭ぶつけたっ！」

「動画撮った？」

「撮り損ねたっ！」

純が頭を押さえながら、わたしを睨む。「動画じゃねぇよっ！　痛ぇ……」

ダメ。目を合わせらんない。「大……丈夫？」

「笑いをこらえながら言うな」

「ごめんごめん……とりあえず、冷やそっか」

なんか、このいつも通りな感じが、最高に幸せだなって思った。

（神宮寺那織）

紆余曲折有りはしたけど、純君が真ん中で寝る事で決着した――と言うか、私が真ん中で両サイドに純君と琉実と云う案を、琉実が拒否した。はっきりとは言わなかったけど、琉実は暗に私の寝相が悪い事を仄めかして、純君が気付かなかったから良い様なものの、またしても私の尊厳が琉実の讒構に依って蹂躙される所だった。別にそんなに寝相悪くないんですけど。たまにベッドから落ちてるとかその程度じゃん。琉実と一緒に寝てた頃は殴られただの蹴られただのと言い掛かりをつけられたけど、記憶に無いんだからどうしようもない。

てか、抱き枕を使ってからは寝相良いし――今日は純君を抱き枕にすれば良い。そうすれば、夜中に純君を蹴り上げる事も無いでしょ。まぁ、そも寝相悪くないんだけど。

何時もだと、純君はすぐ私に背中を向けたりして逃げるけど、今日はそうもいかない。私に背を向ける為には、琉実の方を向かなければいけない。幾ら純君でも、彼女を前にして別の女の方を向いて寝る訳にはいかない筈。純君が真ん中で寝るのは、私としても好都合。

「そう言えば、亀嵩は古間先輩と順調なんだろうか」

「さぁ。あれから何にも聞いてない」

「そっか」

「ね、那織はどう思うの？　亀ちゃんとゆずのお兄さんは上手くいくと思う？」

「どうかな。部長は付き合いたいとかって感じじゃ無いし。でも、部長がマープルと付き合ってくれれば、お互いに彼氏の愚痴で盛り上がれるよね」

「あー、そういうの、良いよね。超盛り上がる」

「盛り上がんな。今の話を聞いて、僕は亀嵩を応援しないと決めた」

「だって、那織。てか、女子の会話に男子がひとり交ざってくるんだけど、どうする？」

「電波通じるし、警察呼ぶ？」

「なんだよ、二人がここで寝ろって言ったんだろ……一階で寝るぞ」

「あーあ、那織の彼氏が怒っちゃった」

「どうすれば機嫌直ると思う？　琉実が付き合ってた時はどうだったの？」

「なんだろ……でも、あんまり怒ってた記憶ないかも」

「何それ。差別じゃん。それとも大切にされてましたアピール？」

「待てって。普通に喧嘩した事はあるだろ？」

「あー、あった、かも。けど、忘れちゃった」

「はぁ。元カノが近くに居るの、超うざい」

「今カノが実の妹ってのが、最高にめんどくさい」

「やめろって。間に挟まれた僕はどうすればいいんだ？」

「普段の操行を猛省する時間なんじゃない？　最善かは知らないけど、次善にはなるかも」

「まあ、うちらは純には振り回されたしね」

「言うね──ね、那織。あんたの彼氏、叩いても良い？　ちょっとムカついた」

「久し振りに琉実と意見が合ったかも。ねぇ、純君。申し訳ないんだけど、そこに四つん這いになってくれるかな？　私と琉実でお尻叩こうと思うんだけど、良い？　あ、スパンキングの趣味があるんだったら事前に言って。喜ばれるのは悔しい」

「ふざけんな。まあ、でも今のは言い過ぎた。ごめん」

「冗談だよ。私達が振り回したのも事実だし──純君に振り回されたのも事実だけど」

「最初に切っ掛けを作ったのは、わたしだったよね……ねぇ、純。那織をよろしくね。わがままだし、自分勝手だし、言うこと聞かないし、めんどくさいけど……って、そんなの今さら言わなくてもよく知ってるか。ええっと、わたしが言いたいのは、わたしを振って那織を選んだんだから、つまんない理由で別れたりしたら許さないよって話」

ちょっと何、その保護者目線で良い事言って纏めようとしてる感。「その場の空気に絆されて臭い事言うと後悔するよ？　てか、それって私が居ない所でする話じゃない？」

「いいじゃん。こんな時じゃないと言えないし」

「そう云うの求めてないし、なるようにしかならないでしょ」

「そんな寂しいこと言わないでよ。ほら、純からも言ってよ」

「僕は覚悟を込めてあの時告白したんだ。だから──」

「純君、ちょっと待って。このまま琉実の言いなりになって良いの？　この人、ずっと小姑みたいに付き纏う積もりかもよ？　その内、うち等のデートにも付いて来るかも」

「バカ言わないでよ。でも――また三人で遊びたい」

無邪気に吐き出された琉実の言葉を上手く呑噬出来ずにいると、純君が「そうだな」と明るく応えた。それが何処か、希望に縋るみたいに聞こえたのは邪推し過ぎかも知れない。

「ねぇ、純。訊いてもいい？」

「何だ？」

「那織のどこが良かったの？」

「このタイミングでそれを訊くのか？　横浜に行った時、言っただろ？」

「え？　聞いてない。那織は？」

「私、記憶力悪いんだよね……何にも覚えてない」

横浜では言われてない――あの砂浜で、銀河帝国が勃興して滅亡する位の時間を掛けて告白してくれた気もするけど、きっと時間にしたら数分だったかも知れない……そっか、琉実は振られた理由を知らないんだ。どうして自分じゃ無かったのかを、聞かされてないんだ。

「何でだよ。寧ろ、記憶力の塊だろ」

「でも、彼女さんはそう言ってるよ？　それとも、わたしに言う義理はないってこと？」

「分かったって。言うよ。言うから――話してて楽しいんだよ。ずっと話していたいって思った。こんなに話の合う女の子には一生出会えないと思った。これで良いか？」

私は嬉しいけれど、琉実にとってはこれ以上無い位残酷な言葉。

「わたしと話してるときは、楽しくなかったんだ」

ほら。当然こうなるよね。

「そういう意味じゃなくて……こう、趣味の話とか――」

「冗談だよ。わかってる。わたしがどんだけ二人のことを見てきたと思ってるの？　那織、聞いてた？　話してて楽しいんだって」

「全然聞こえなかった。もしかしたら、上空をSR-71が通ったかも。さっきのは衝撃波だったのかな、凄い騒音だったよね。だからごめん、もう一回言ってくれる？」

「何にも通ってねぇよ。さっきから虫の声しかしないぞ。でも――そういう所だよ。いきなりSR-71なんて言い出す女子は、僕の周りでは那織しか知らない」

「何、そのブラックバードって」

「マッハ3で飛ぶ飛行機だよ」

「ふーん。知らない。でも、良かった。これで、見た目とか言われたら追い出してた」

「あと、胸のサイズとか？」

選んだ決め手は見た目なんて純君が言う筈も無い――予定調和の遣り取り。この生温い応酬に常套的かつワンパターン乍ら応じてあげますか。

「ん？　那織ちゃんも外に出たいのかな？」

「ねぇ、純君。あそこに憤怒の生まれ変わりが寝てるんだけど、封印してくれない？」

「僕を巻き込むなよ。てか、双子なんだから見た目がどうのじゃないだろ」

「あ、露骨なフォロー入りました。サタンさん、これで満足でしょうか？」

「サタンさんってのやめて。那織も良かったね、スペ一二〇が好みとか言われなくて」

えっと、首を絞めても良いかな？　悪魔退治だから良いよね？

「何だ、そのスペ一二〇って」

「調べなくて良いから」スマホに手を伸ばした純君の手を叩いた。てか、そんな概念、知って欲しく無い。「琉実、もし目が覚めなくても恨まないでね。きっとそれは天罰だから」

「聞こえなーい。さぁーて、わたしはそろそろ寝ようかな。眠くなってきちゃった」

は？　言うだけ言って寝るの？　そんなの絶対に許さない——と思ったのに、純君が「もういい時間だし、寝るか」と立ち上がって電気を消した。

琉実の発言は看過出来ないけれど、この中身の無い時間は鑢で形を整える様な物で、何時か再び表面がざらざらと荒れて来るだろうけれど、一度も均さないよりは良い。剝き出しの儘ぶつかって欠けるよりはずっと良い。他人から見れば歪かも知れないけれど、私達は収まるべき場所に収まった。此の場所が一番心地好い。これで後腐れ無く純君と付き合える——後腐れだとニュアンスが違う？　でも、琉実の前で純君の話題を避けなくても良くなった。それは恐らく琉実にとっても同じ——これで良かったんだと、私は信じている。

何か、ずっと喋ってたから喉渇いた。

薄っすらと聞こえる寝息はきっと琉実——こう云う時の寝付きの良さは異常。お昼寝とかだと私も一瞬で寝落ち出来るのに、夜は眠気を上手に捕まえられるかに掛かってる。取り逃がしたら後夜まで眠れないのが確定する。難儀な身体で困っちゃう。

さて、何か飲んで来るか。身体を起こして隣を確認すると、純君は目を閉じた儘微動だにせず、琉実は背を向けて眠っている——これ、今だったら夜這い出来るんじゃない？　と濫りがわしい考えが過ぎった物の、流石にこの状況で純君のパンツを脱がす胆気は無い。

二人を起こさない様に気を付け乍ら一階に下り、とりあえずトイレに入る。虫の音しか聞こえない静謐な空間だとドアの開閉音すら響くから気を遣う。手短に用を済ませスマホの明かりを頼りに冷蔵庫を開け冷えた水を咽頭に流し込むと、身体が凛と整って行く。

採光窓から注がれる月光が妖しくも柔らかにリビングの椅子を青白く浮かび上がらせ、私は導かれる様にスマホの明かりを消して腰掛けた。何も考えずただぼんやり佇んでいると、今だったら世界が滅亡しても良いなと思えて来る——こんな夜はもう来ない、そんな気がした。たとえ世界の終末が明日であっても、自分は今日リンゴの木を植える……『第二のチャンス』にそんな一節があったけど、私は何もせず此処に留まりたい。三人だけで居られるなら。

外の空気を吸いたくなって外に出ようか逡巡していると、背後で物音がした。喫驚しつつ振り向くと、純君だった。驚かさないでよ、もう。「どうしたの？」

「ちょっとトイレに……那織こそどうしたんだ？」

「眠れなくて、外の空気を吸おうか悩んでた」

「その恰好じゃ寒いだろ。ほら」椅子に掛かっていたパーカを純君が渡してくれた。「ちょっとだけ待っててくれるか？　僕も出るよ」

彼方で聞こえるトイレの流水音が大きくなり再び小さくなった——トイレから出てきた純君と音を立てない様に外に出る。身体を一気に冷気が包み込み、剝き出しの脚が急速に凍り付いていく。闇が囁いている。純君の懐に潜り込むと、優しく後ろから抱き締めてくれた。

「寒いけど、外に出て良かった」

「外に出たら、余計に目が冴えないか？」

「どうせ眠れなかったし、一緒でしょ。どう？　今日は楽しかった？」

「ああ。暫く忘れないだろうってくらい楽しかったよ」

「私も同じ——だから、最後にひとつだけ」

純君の手を剝がして向き合った——私から純君の腰に手を回し、身体をぴったりとくっ付ける。鼓動の波間に揺蕩って、呼吸の調べに熱を乗せる。温かくて心地好い充足感が身体を満たしていく。きっと今なら言葉は要らない。誘惑さえも——純君が優しく私に口付けた。ずっと待ち望んでいた純君からの接吻。もっと情熱的なキスが良かったけれど、直ぐに離れてしまったけれど、私は満足だった。これで手打ちにしてあげようと思った。でも、純君の手が私の髪を撫でた。頬を撫でた。指が唇をなぞった。そして背中に腕を回され抱き締められた挙げ句、耳元で「那織、好きだ」と甘く囁かれてしまった――倫理が情炎で焼け落ちる音がした。灰燼となった理性を振り払い、純君の首に手を回し、今度は私から唇を押し付けた。

何度か純君の口唇を食んで舌を差し入れる。好きな男の子の舌が私を迎え入れる様にゆっくりと絡まっていく。音を立てない様にじんわりと交わらせた舌は普段よりも敏感で、いやらしくて、煽情的で、何度もお互いの形を確かめ合う様に往復する。お互いの唾液が溶け合って摩擦を奪っていけばいくほど、頭の中が蕩けていく。ヒステリシスなキスの所為で身体が渇望を訴えるけれど、今日の所はこれで我慢する。

だって、今夜は確実に良い夢が見られると思ったから。

（白崎純）

※　※　※

熟睡出来ていたのだろう、珍しく目覚めの良い朝だった。

昨夜、那織が「脚が冷たい」と言って僕の布団に脚を差し入れ、更に暖を取るだけでは飽き足らず、身体ごと侵入しようとするのを阻んだ記憶はある。文句を言われた気もするが、その辺りから覚えていない。何だかんだ言って、僕も疲れていたのだろう。

起き上がると、那織のと思われる掛け布団が僕の足元に丸まっていて、不自然に盛り上がった隣の敷き布団から生脚が二本飛び出していた。

新手の死体か？

まさかと思ってゆっくり敷き布団を捲ると、那織の上半身があった。

どういう寝方をしたらこんな状態になるんだ？

掛け布団を蹴り飛ばすのはまだ分かる。僕の部屋に泊まった時もタオルケットを蹴飛ばしていたし、確かショートパンツも脱ぎ散らかしていた。それでもまだ、幼少期の那織を知っている身としては大人しくなったと思える範疇だった（ショートパンツを脱いでいた事には焦ったが）。そんな付き合いの長い僕でも、敷き布団の下に潜っている姿は初めて見た。

と言うか、敷き布団の下に人間が居る光景を、生まれて初めて見た。

しかし、暖房を入れていたとは言え、よくもまぁこんな薄着で寝るよな。長袖長ズボンで布団に入った僕と琉実の季節感が間違っているみたいだ。

琉実の寝ていた布団に目を遣ると、シーツに乱れすら無い綺麗な布団が目に入った。もう起きているのか。時間を確認すると六時四十五分——目覚ましをセットした訳でも無いのにきちんと目が覚める辺り、睡眠の質も良かったらしい。

だが、起きてしまったのを少しだけ後悔する。朝が来たという事は楽しかったこの時間も終わり。もしかしたらと思って簡単なゲームも用意していたが、必要無かった。喋っているだけで十分だった――こんな風にまた三人で時間を気にせず遊べたらと思うが、それは贅沢を言い過ぎだ。恐らく三人だけで泊まる機会はもう無いだろう。だからこそ、終わってしまうのがとても寂しい。帆波さんには感謝しないと。

那織を起こさないよう投げ出された脚の上に布団を掛け、一階に下りる。テーブルの上に空のマグカップが置いてある。軽く身支度を整えて外に出ると、朝特有の混じりっ気のない冷たい空気に包まれた。遠くの山や盆地を見下ろしていると、いよいよ本当に帰りたくなくなってくる。伸びをしながら周囲に目を遣ると、遠くから走ってくる琉実の姿が見えた。

玄関に靴が無かったし、そうだと思った。

「おはよう。早いね」

「そっちこそ早いな。走ってたのか？」

「うん、やっぱ日課は続けないとね。どう？　昨日はよく眠れた？」

「ああ。熟睡してたみたいで、自然に目が覚めた」

「それは良かった。でも、昨日、途中で起きてなかった？」

「起こしちゃったか。すまん」

「あ、ううん。何となく人の動く気配がしたってだけで、すぐ寝たから」

「眠る前にトイレに行こうとしたら、那織も眠れなかったのか椅子に座って黄昏てて、ちょっと二人で外の空気を吸ってたんだ」

「二人で星を眺めて、夜景を見て？　それはロマンチックですわね」

「からかうなよ。そんなんじゃないって」

「でも、那織のことだから、寒いとか言って純に抱き着いたりしてたんでしょ？」

これが姉妹の解像度か。「まあ、そうだな」

「あ、その顔は……さてはチューはしたな？　夜景見ながらキスしたんでしょ？」

「……それはいいだろ」

「良いなぁ。わたしのときは、そんなロマンチックなのなかったなぁ」

琉実がむくれた――それを言われると二の句が継げない。当時の僕は本当に子供だった。

「なんか、ごめん」

「冗談だよ。別に責めてないって」

屈託のない顔で言って、琉実が笑った――どきっとするくらい綺麗で可愛い笑顔だった。

僕は知っている。琉実が良い奴で、優しくて、気が利いて、面倒見が良くて、しっかりしてるけど時折抜けてて、努力家で、負けず嫌いで、だけど怖がりかつ泣き虫で――とても素敵で可愛い女の子だと。気持ちには応えられなかったけれど、だからと言って大切じゃない訳ではない。友達と呼ぶには近くて、琉実は親戚に近いと言ったが、僕としてはもう少しだけ家族寄りの姉弟みたいな存在が適当かも知れない。

「せっかく純も早起きしたし、一緒にストレッチでもする？」

「いいぞ。たまには琉実の誘いに乗るよ」

「そう来なくっちゃ。ちなみに、横暴なお姫様はまだ寝てるんでしょ？」

「僕が起きた時は、敷き布団の下に潜り込んで寝てた」

「えっ？　何それ、やば。敷き布団の下ってどういうこと？　写真撮った？」

「まさか。撮ってないよ」

「まだ寝てるかな？　ちょっと見てくる。写真撮ってお母さんに送らなきゃ」

そう言って、琉実がダッシュで玄関に向かった。

ストレッチするんじゃなかったのかよ……ったく。

ま、いいか――今日も騒がしくて楽しい一日になりそうだ。

エピローグ

（神宮寺琉実）

プチ旅行から帰ってきて、お母さんと一緒にお姉ちゃんを見送ったあと、いきなりお母さんが「楽しかったみたいね」と言ってきた。わたしがなんでって訊くと、笑いながら「そんなの顔見ればわかるって」と言って、わたしと那織の荷物を持って、先に家に入っていった。

振り返って那織を見ると、「超晴れやかな顔してる」と言って、わたしの頬を突いた。

その夜、わたしは久しぶりに純と通話した。

最初はＬＩＮＥでやり取りしてたんだけど、話した方が早いってなって、帰ってきたばっかなのにまた思い出話をしたりして――振られたのもあるし、那織に悪いからって純に連絡を取ろうとしなかったけど、いい意味で気を遣わなくて良くなった。それが嬉しくて、ちゃんと昔に戻れて、だから簡単に切りたくなくて――隣の部屋の主が「ちょっとっ！　何時まで話してんのっ⁉」って怒鳴り込んできたけど、スピーカーに切り替えてそのまま三人で話した。

こんな日が来るなんて、思ってなかった。

自分の部屋だったから、自分の日常での出来事だったから、胸がいっぱいになってちょっとだけ、本当にちょっとだけ泣きそうになったら――うるさい妹がからかってきた。

わたしが好きになった男の子も、わたしの妹も、わたしを仲間に入れてくれる。純と那織は、二人と一人に分けてきたりしなかった——って、言っても、わたしだって別に二人の恋仲を邪魔しようとは思わないし、二人だけの時間は大切だとも思ってる。これからわたしの知らない話が二人の間で増えていくんだろうなってのもわかってる。だけど、そうじゃなくてわたし達の日常はちゃんと三人のままなのが嬉しくてたまらない。

わたし達は昔から三人で、今も三人なんだ。

純が帰りに寄ったパーキングエリアで、「昨日言いそびれたんだけど、トラス構造っていうのは三角形の骨組構造のことを言うんだ。長方形がラーメン構造。長方形は横から力が加わると変形してしまうから、接合部を強くしなきゃいけない。でも、三角形なら節点をボルト締結するだけで良い。詰まり、トラス構造は荷重を軸で……えっと、僕が言いたいのはそうじゃなくて、僕等は三人だからこそ強いんじゃないかなって。あの時那織は、それを言いたくて質問してきたんじゃないかって思ったんだ。考え過ぎかな？」と言ってきた。

わたしはまたわけわかんないこと言ってるって思ったし、「考えすぎでしょ」って返したんだけど、もしかしたら考えてたのかも知れない——純と話し終わったあともわたしの部屋に居座って、さも当然のようにわたしのベッドの上でお菓子を食べてる那織を見てたら、そんな風に思っ……「那織っ！　何やってんのっ！　ベッドの上でお菓子食べないでって言ってるでしょっ！　しかもクッキーなんか食べてっ！　こぼしたら許さないからねっ！」

考えてないわ。絶対に考えてない。

それはそれとして、那織を追い出したあと美容院を予約した。

髪を切ろうって思った——今はまだ、イメチェンは必要ない。

翌日のお昼休み、いつもの場所に麗良を呼び出して、わたしは宣言した。

「ねぇ、わたし、決めた。しばらくあの二人を見守ることにした」

「いきなり何の話？」

麗良の目が、物が見難いときみたいに細くなった——その顔がちょっと大人っぽくて、毎度のことながら羨ましいと思ってしまう。今日の麗良は、なんとなく普段の麗良っぽい。

「だから、見守るの。つまんないことでケンカとかしないように」

「ごめん、まだ飲み込めない。えっと、あのカップルの世話を焼くって話？」

「うん。変かな？」

「変でしょ。だって、琉実は白崎に振られて、白崎は妹と付き合ってんじゃん」

麗良がそう言って、ご飯を口に入れた。

「そうだよ。でも、二人ともわたしの大切な家族だから。あの二人がケンカして、純が家に寄り付かなくなったりしたらイヤだもん。三人で仲良くないと意味がないの」

「三人で仲良く……なのに、白崎と妹は付き合ってるんでしょ？　ちょっと待って。マジで混乱してきた。ていうか、家族って何？　ドムみたい」

「ドムって？」

「ああ、ごめん。映画にでてくる主人公で、仲間は俺の家族だからみたいなこと言うの」

「何、どんな映画なの？」

「うーん、アクション系？　なんかさ、あんなクズ男のことでへこんでる自分に腹が立ってきて、こうなったら筋肉盛り盛りでいかつい マッチョの強い男が出てくる映画でも観て気分を変えようって調べたんだよね。それで出てきたのが『ワイルド・スピード』って映画で、土日で一気見しちゃった。ストーリーはよく分かんないけど、スキンヘッドのゴツい男ばかり出てくるし、アクションも派手で面白かったよ」

スキンヘッドのゴツい男って……極端すぎない？　でも、なんか、麗良っぽい。

「そんな一気見するほど面白かったの？」

「落ち込んでるのがバカらしくなるくらいには面白かった。事件が起きるんだけど、全部力わざで解決してくの。てか、それこそ家族に訊いてみたら？　絶対知ってるでしょ？」

家族――ま、映画のことだったら、あの二人かお父さんだよね。

「確かに。折角だし、一緒に観ようって誘ってみようかな」

「うん。観てみな。スキンヘッドのゴツい男、最高じゃんってなるから——って、琉実はあの二人を見守るんだっけ。そうすると、琉実がスキンヘッドのゴツい男ポジションだわ」

「やだ、やめてよ。わたし、スキンヘッドにはしないからね」

いつもの美容院で、いつもの髪型にしてもらうんだから。


ファミリーね……うん、家族よりファミリーのが合ってるかも。

（白崎純）

※　※　※

「改めて思ったんだが、やっぱ脈ねぇよな」

教授が二人で話したいと言うので、部室でお昼を食べていた時だった。その話だろうなとも思っていたが、予想もしない教授の言葉に反応が遅れる。

「それは諦めるって事か？」

「なんとも言えねぇ。無駄な気もするし、諦めて良いのかって気もする」

柚姫は教授の事を何とも思っていない。それは事実だ。だが、琉実から聞いた話を総合すれば付き合える確率はゼロでは無い。ゼロでは無いが……それが教授の望む付き合うなのかと問われると、答えに窮してしまうのもまた事実。

「琉実から聞いた話だから他言無用で頼むが、柚姫はあんまり告白を断らないらしい」

可能な限り付随物を削ぎ落として、僕は言った。この言い方であれば柚姫の尊厳は傷付けず、琉実の顔を潰す事も無いだろう——そして、可能性は示せる。問題はもう一つの方だ。

どう説明すれば良いか……当たり障りの無い言辞でどうにかなる話じゃない。

「知ってる」

またしても想定しない言葉が返って来た。知ってる？　どうして知っているのかもだが、知っているのなら——何故、教授は諦念を抱きつつあるのか。

「知っているなら、どうして——」

「まぁ、聞け。いいか、白崎。俺はお前以上に友達が多いんだ。特に運動部関係。勘違いするな。マウントを取ってるつもりはない。あくまで事実としてだ。何が言いたいかって言うとだな、俺にも俺なりの情報網ってのがある。だから、柚姫が告白をすぐOKするって噂は耳にしてる——俺はこうも聞いてるんだ。すぐ男と付き合うけど、一瞬で別れるってな」

なるほど、最初から僕の心配は杞憂だった訳だ。「なるほど」

「もし付き合えたとしても、速攻で別れるんじゃないかって思うと、それもどうなんかなって考えちまうってわけよ。だから、仲良くなるにはどうしたら良いかって相談したんだ」

そこまで考えての相談だったのか。完全に見誤ってた。教授に悪い事したな……。

「正直、そこまで見据えての話だと思ってなかった。すまん」

「俺も言ってなかったからな。それはいいんだ――とりあえず付き合う方向で告白して良いのか、それとももう少し様子見をするべきか、諦めるか。どれを選ぶか永遠に決まらねぇ」

「でも、好きで付き合いたいんだろ？」

「まあな」

「付き合ってから、別れないように頑張るんじゃダメなのか？」

「そのパターンも考えた。でも、この間の見ただろ？　付き合ったとして、同じことになるんじゃねぇかってな。そうすりゃ終了だ」教授が顔を上げた。「なぁ、今思ったんだけどよ、好きって言い続けられてるうちに、相手のことを好きになるタイプっているよな。その可能性に全ベットするのはどうだ？　ギャンブルが過ぎるか？」

「柚姫がそのタイプかどうかの確証が無い以上賭け要素は拭えないが、一つのやり方としては有りなんじゃないか？　好きと言われて嫌な気持ちにはならないだろうし」

「そういうお前は言ってんのか？」教授が試す様な目付きをした。

頻繁に言ってるかと訊かれると……昨日の夜、気持ちが溢れ出て那織に言った。それより前だと――もしかして、告白した時以来か？　「言ってる、と思う」

「歯切れが悪いのは、そういうことなんだな。ったく、本当に白崎はダメだな。好きと言われて嫌な気持ちにはならないって言ったのはお前だぞ？　わかってんのか？」

「それに関しては、釈明の余地が無い。今、猛烈に反省した」

「反省したじゃねぇんだよ。お前はもっと神宮寺に感謝しろ」

感謝は伝えているつもりだが――そう云う話じゃないよな。

「そうだな。もっと言う様にするよ」

「何だよ、えらく素直じゃねぇか……さては、何かあったな？」

「何かあったって程じゃないけど、土日に三人で出掛けたんだ。沢山喋って、僕なりに思う所もあった。それだけだよ」

「なぁ」

「ん？」

「今、土日っつったか？」

やってしまった……つい口を滑らせてしまった。つくづく僕はミステリの犯人にはなれないな。教授相手ですらこのザマだ。あの二人相手に嘘はもっと無理だ。

「言ったか？」

「泊まったんだな？　三人で泊まったんだな？　正直に言ってみろ」

「いや、親戚も居たから厳密には四人で――」

「さっき、三人って言ったじゃねぇか。おい白崎、ここまで来て3Pはどうかと思うぞ？　現実のハーレムルートは破滅しかねぇことくらいわかってるよな？」

「してねぇよ。本当に喋っただけだって」

「本当だろうな？　もしヤってたりしたら、許さねぇぞ。つーか、３Ｐじゃなかったとしても勝手は許さねぇ。神宮寺とそういう雰囲気になったら、ちゃんと俺に連絡するんだぞ。俺がヨシッと言うまでは何もするな。良いか？」

「良くねぇよ。仮にそうなったとしても、絶対に連絡しない」

「はぁぁ。その淡々とした返しの端々に余裕を感じるのが、マジで腹立つぜ。３Ｐは冗談だとしてもだぞ、何もかもがズルすぎるだろ。何だよ幼馴染って。しかも、彼女は乳がデカくて中身はオタクと来た。マジで納得いかねぇ。ラブコメみたいな設定の癖してしれっと付き合いやがったのもムカつくわ。俺が神様だったらチート行為とみなして垢ＢＡＮしてる」

教授が神様だったら、家の隣は空き地だったろうな……てか、教授に彼女が出来るまでこれに類する事をずっと言われ続けるのか？「なぁ、頼むから早く彼女を作ってくれ」

「俺だってそうしたいっつってんだろっ⁉　話聞いてたか？　これだから色惚け野郎は困るんだ……マジで俺に彼女出来たら延々と惚気てやるからな。プレイの内容だって事細かに説明してやる。覚悟しとけよ？　あと――」教授の目が光った。「白崎が嘘を吐いてないか神宮寺に訊くからな。供述が食い違ってたら……その時は覚悟しろよ？」

那織が何か言うとは思えないし、仮に言ったとしてもキス以上の事はしていない。

「ああ、分かったよ」

「さては、神宮寺は口を割らねぇと思っての、『分かったよ』だな。まぁ、いいさ。俺の話術をナメるなよ。こう見えて、相手の出した尻尾は逃がさねぇからな。身に染みただろ？」

「だったら、その話術を生かして柚姫と仲良くなれよ」

「——くっ……俺の負けだ。こんな、神宮寺相手じゃ無きゃ碌に会話も成立しないようなサブカル蘊蓄クソ野郎に一本取られちまった……くそっ！　悔しすぎる。末代までの恥だ」

教授が机を思い切り拳で叩いた。音を立てて机が動く。

全くいちいち動きが大きいんだよ……それより——「おい、言い過ぎだろ」

「事実だろ。悔しかったら神宮寺のおっぱいに慰めてもらえ」

「何をバカな事を……」

「慰めてくれるおっぱいの有り難みを知れっ！　俺には無いんだからなっ！」

決めた。何があっても教授には絶対に言わない。「そいつは残念だったな」

※　※　※

「気が抜けちゃったよねぇ」どさっと音がして、恐らく部長がテーブルにへばりついた。（神宮寺那織）

部活を休みにした放課後、家に行くと云う約束を遂行する為、女子だけで慈衣菜の家に集まった——けど、今ややる事は何も無く唯だらだらとお菓子と時間を消費していた。

「こんなんじゃダメだっ！　先生みたいになっちゃう」

「私に成れるんなら、だらだらした方が良くない？」

座る事すら面倒で寝転んで居る私に、部長の顔は見えない。何もしたくない究極体となりし今、何かに寄り掛かるのすら怠い。はぁ、このラグ手触り最高。好き。婚姻届提出したい。

「うるさい！　このふしだら娘っ！」

「いきなり何なのっ⁉　暇だからって妙な言い掛かりはやめて」

「言い掛かりかどうかは自分の胸に——ごめん、当てなくていいや。絶対ちょけるから。それよりっ、先生の下着がさっきから丸見えなんだけど、そのエロい下着は何なのっ⁉　学校にそんな下着で行くのはやめなさいっ！　見えたらどうするの？　てか、生パンはやめなって前も言ったよね？　いい加減黒パン穿きなよ」

だって熱いし蒸れそうじゃん。てか、今日の下着、そんなえろくなくない？　確かに普段よりちょっとお尻が出てるかもだけど、Tバック穿いてる訳じゃ無いし、何時もは食い込むのが嫌だからお尻がすっぽり隠れるフルバックを穿いてるだけで、今日は体育も無いし——そりゃちょっとは可愛い下着を選んでおかないとって思ったのもあるけど。

後顧の憂いを断った今、何時純君とそうなるか分かんないし気を遣うのは当然でしょ。

てか、部長に見せる為じゃ無いんだし、放っておいてよ。

「人のパンツを勝手に見ないで。拝観料取るからね」

部長が五月蝿いからスカートを直した——のに、人為的に捲られる。

ちょっとっ！　誰っ⁉　って、この手の悪戯をするのは一人しか居ないか。

「え？　お金払えばずっと見ててもイイの？　いくら？」

私のスカートを捲るだけじゃ飽き足らず、慈衣菜が私の太腿を枕にして寝転んだ。まぁ、私のお尻は丸みが芸術的だし、世間がAphrodite Kallipygosみたいに持て囃すから間近で見たくなる気持ちも分かるけど、そんな至近距離に来られるとちょっと恥ずかしい。

「慈衣菜まで何なの？　そんなに私のお尻が見たい訳？」

「そうだよ慈衣菜ちゃん、先生を甘やかさないで。これは教育的指導なんだから。どうせ、恥ずかし気もなく『私のお尻はヴィーナスの彫像みたい』とか思ってるんだよ？　あー、やだやだ。自分に自信があり過ぎるのも考えものだよね。その癖、スタイルの良い人を街で見かけると、『すらっとしてて格好良いな。私はちょっとお尻が大きいし、胸もあるからなぁ』みたいにそんな事無いよの言われ待ち発言して来るのが、本当に面倒臭い」

もしかして、私の思考って部長に駄々漏れなのっ⁉

「思って無いし。てか、お尻の話はもう良いでしょっ！　それより部長、何か面白い話とか無いの？　もし無いなら、人の事を腐す事でしか話題が無い可哀想な人間の儘だからね？」

「それ、先生じゃん。自己紹介？　それに、面白い話を人に要求するならまずは自分からってのがルールじゃない？　ちゃんと面白い話のボーダーを自ら提示してよ」

「ごめんなさい」

「分かればよろしい」

「てか、慈衣菜も早く退いて」何時の間にかお尻まで移動してるし。平素から私のお尻を触ったりする癖があるのは目を瞑るとして、枕にした挙げ句にしつこく撫で回すのはもう否定のしようが無い位のセクハラでしょ。痴女じゃん。「やぁだっ！　これはエナの枕なのっ！」と抱き着く慈衣菜を捻って振り払い、身体を起こした。

「面白い話じゃないけど、私、古間先輩と出掛けたよ」

「えっ⁉　何その話っ！　初めて聞いたんだけどっ！」

「りりぽん、遂にデートしたのっ？」

「まあまあ、二人とも落ち着き給え。そんな大したことはしてないから安心して。ただ、一緒に本屋さんに行って、ちょっとカフェで話して帰ってきただけだから」

「デートじゃんっ！！！　完全にデートじゃんっ！！！」

「ねぇねぇ、それってつまりデートじゃない？」

純君と私がやってる事とほぼ一緒じゃんっ！

「慈衣菜の言う通りだよ。普通にデートしてるじゃん」

「そんなんじゃ無いって。本当にただ雑談しただけだもん」

「それをデートと言うのでは……？　てか、マープルと何話したの？」

「色々話したよ。何か、古間先輩って先生と白崎君の会話を凝縮したみたいな人だった」

私と純君の会話を凝縮？　言わんとしてる事は分かるけど――「どう云う事？」

「あんまりちゃんと話したことなかったし、最初は、何話そうかなって思って色々考えてたんだけど、線路沿いを歩いてる時にちょうど貨物列車が通って、話題に困った私が何となく『あのコンテナはどこまで行くんですかね？』みたいに言ったら、そこからパレットやコンテナがどう物流を変えたのかみたいな話になって、そこから港湾絡みでギャングとマフィアは出自が違うとか――そんな感じで、あ、きっとこれって先生と白崎君の会話だなって思ったら面白くなっちゃって、私はずっと古間先輩の話を広げる役に徹してた」

　何だろう、身に覚えしかない……それが、超悔しい。

「完全に一人にゃおにゃおとザキだ。やっぱ、本ばっか読んでるとそーなっちゃうの？」

「私と純君をマープルに集約しないで」

「でも、否定出来ないでしょ？」

　無視――した私を無視して、部長が続ける。

「白崎君と古間先輩の会話を聞いてるから、そんな雰囲気は感じてたけどね。だから、うん、そうだね、個人的にはとても楽しかったよ。古間先輩も、別れ際に『退屈な話ばかりしてしまってすまない。楽しそうに聞いてくれるから話し過ぎてしまった』って言ってた」

「退屈な話をしたと自覚出来てる部分だけは評価に値するね」

「そこが、先生よりも大人なポイントじゃない？」

「うっざ」――けど、私が心配する程じゃなさそうだね。それだけは良かった。

「ねぇ、りりぽん的には、他にどの辺がポイント高かった？」

「うーん、さり気なく電車でスペース作ってくれるとか、人混みでもはぐれないように歩幅を合わせて隣を歩いてくれるとか、ドア開けてくれるとか、店員さんに声掛けてくれるとか、全体的にすっごい紳士って感じだったよ。妹さんが居るからかな？」

え？　妹が居るとそうなるの？　それとも、女の子にこう云うのって姉に仕込まれるイメージ……部長も弟が居るけど――仕込んで無さそう。そう云うのって姉に仕込まれる事はしちゃ駄目みたいに言ってたりするのかな。でも、部長って弟の事を甘やかしてる節があるんだよね。

「それで言うと、マーブル兄妹って仲悪いんじゃ無いの？」

「小っちゃい頃は仲悪く無かったみたいだよ。急に反抗的になったって言ってた」

「成る程ね。てか、慈衣菜ん所はお兄ちゃんだよね？　そう云うのあったりしたの？」

「紳士っぽいって話？　エナんとこはないかなー。マナー的なのはパパが言ったりしてたのかもしんないけど、エナ、お兄ちゃんとあんまり出掛けないしなー」

そうでした。オタクの兄とは別居かつ雨宮家には英国の血が流れておりました。

「じゃあ、マープルは英国被れのミステリオタクって事で良いね？」

「ちょっとっ！　先輩のことそんな風に言わないで。てか、それは白崎君でしょ？」

自分で言ってて思いました。あれ？　これ身近に居るんじゃない？　って。

「部長、ごめん。それ、完全に私の彼氏だった。何も言い返せない」

「あっ！　先生、もしかして惚気目的で言ったでしょ？」

「違うって。まぁ、言い乍らこれ純君じゃんって思ったけど……」

「なんか、にゃおにゃおもりりぽんも楽しそうでいいなー。エナだけ仲間外れじゃん」

「慈衣菜は居ないの、そう云う人」

「うーん、いないかなー。エナはにゃおにゃおがいれば十分だし」

慈衣菜が腰に抱き着いて来る——さっきからスキンシップ多くない？　慈衣菜は私達以外にもコミュニティがあるとは言え、私と部長が男の子とどうのってなってると、寂しい想いをさせてしまうのかも、と思わなくも無い。自惚れかも知れないけど——まぁ、彼氏が出来たからとて女友達の代替になる訳じゃ無いし、部長や慈衣菜との付き合いをどうこうする積もりは微塵も無い。「彼氏を作るだけが人生じゃ無いしね」

「そーそー。エナはこうして二人と楽しくおしゃべりできればそれで満足——」慈衣菜が私のお尻から離れ、急に立ちあがった。「よしっ！　今からケーキ焼くっ！」

「ケーキっ⁉　食べたいっ⁉　何焼くの？」

「んー、シフォンケーキとかどうっ？」

「最高！　上に生クリーム載せてっ！」

「先生、待って。そろそろ夕ご飯の時間だし、帰らないと――」

笑止っ！「今日は外で食べるって連絡するっ！」

「じゃあ、にゃおにゃおは家でご飯けってーいっ！　りりぽんはっ？」

此処で帰るなんて許さない。「勿論帰らないよね？　一緒にご飯食べるよね？」

「……連絡してみます」

「そう来なくっちゃっ！　今日はパーティだっ！」

待ってろ、生クリームっ！

「ねぇ部長。今、思い出したんだけど、言っても良い？」

部長には刺戟が強いかも知れないけど……言いたい。言っちゃやだめだけど言いたい。

「何？　お母さんになんて送るか考えてて忙しいんだけど」

キッチンに消えていく慈衣菜の背中を見送り乍ら、部長の耳元で囁いた。

「（creampie って、中出しの俗語だって知ってた？）」

「最低っ！　この色情魔っ！　ちょっと黙っててっ！」

（了）

あとがき

書きたいことがあり過ぎて何処から手を付けて良いものか――まずはお待たせしてすみませんでした。紆余曲折ありましたが、なんとか六巻をお届けすることができました。

さて今巻ですが……五巻のあとがきで、恋愛は付き合って終わりではありませんなどと軽々しく言ったものの、決まっていたのは、琉実がどうやって立ち直っていくのかを書く、それだけです。そんな折、従姉の存在を思い出しました。忘れてばかりです。実は一巻時点から双子に従姉が居るのは決めていました――が、忘れておりました。忘れてばかりです。恐らく本編で使っていない設定も大量にあると思われます。思い付いた段階でメモに残せば良いという意見もありますが、私はメモを取るのが苦手です。残念でした……ではなく、社会人失格ですね。

そして既報の通り『恋は双子で割り切れない』がアニメになりました。今巻が書店に並ぶ頃には放送されていると思います。『ふたきれ』のアニメ化に際し、末席ながらアニメーション作りを覗き見ることができたのは貴重な体験でした――遠くから工程の一部を垣間見ただけに過ぎないとは言え、脚本やコンテ、キャラクターデザイン、美術設定等はもちろん、キャストのオーディションやアフレコなど多岐に渡って制作スタッフの方々が相談かつ確認して下さるので、協力は惜しまないという姿勢で臨んだのですが……大きな問題が起こります。

前述の通り私は忘れっぽいのです。「〇巻のこの台詞ですが、キャラはどういう考えで言ったのですか？」と問われます。「はて？　何を考えていたのでしょう」等とは口が裂けても言えません。その都度キャラクターをインストールしながら執筆するスタイルの私には、プロットはおろか前述の通り簡単なメモすらなく、前後の文脈から類推するしか——というわけにもいかず、頑張って記憶を手繰りました。その瞬間は思うんですよね、何か残しておけばよかった、と。結局、それすら忘れるのですが……しかし、そうした質問のお陰で再びキャラクターと向き合うことができました。これぞ再生産です。とか言っておきながら、クルマのことだけやたらと細かくてすみません（グレードや年式がわかれば教えて下さいとメールに書いてあったので、つい……クルマ好きの悪い癖ですね。反省します）。

アニメにまつわるエピソードはまだまだ沢山あるのですが、もうページが無いのでこの辺にしておきます。というわけで、是非とも『恋は双子で割り切れない』のアニメをお楽しみ頂ければと思います。それでは次巻で！　……と書いたものの、次巻？

【すぺしゃる・さんくす】

担当編集者様、毎度助けて頂き本当にありがとうございます。次巻も助けて頂きたく存じます（予告です）。あるみっく様、いつも素敵なイラストをありがとうございます。琉実（るみ）の足元の模造紙になりたいと思ってしまいました。そして編集部含めこの本の出版に携わった方、劇中で触れた数々の作品、お手に取って下さった読者の皆々様に厚く御礼申し上げます。

【引用・出典】

■本書15頁／2〜5行目《あたしがきれいな娘だったら、こう言うわ――こんな場所で、こんな時刻に、まるで人目を忍ぶようなキスはできないって。また、はすっぱな娘だったら、こう思うわ――時刻も場所も今ならちょうどいい、夜で不器量な顔も見えないし、誰もいないからあんたも自分のもの好きをきまり悪がらないだろうし》

↓ジョルジュ・サンド　宮崎嶺雄訳『愛の妖精』岩波文庫（岩波書店、一九三六年）八六刷一五〇〜一五一頁

■本書15頁／8〜9行目《文学は人をからかうために作られた最良のおもちゃである》

↓ガブリエル・ガルシア＝マルケス　鼓直訳『百年の孤独』（新潮社、二〇〇六年）七刷四四一頁

■本書21頁／1〜2行目《我我を恋愛から救うものは理性よりも寧ろ多忙である》

↓芥川龍之介『侏儒の言葉・文芸的な、余りに文芸的な』岩波文庫（岩波書店、二〇〇三年）十二刷八十一頁

■本書21頁／10〜14行目・22頁／1〜5行目《初恋というものは美しいものだ。というのは、物語がすべて過去形によって語られるように、初恋は思い出によって語られるから。そして人が初めての経験に感動するのは、初恋が本質的に観念的であること、あまりにも観念的であることに基いていよう。仄かだとか、甘いとか、夢のようだとかいうのは、愛の現実の苦しみがそこに捨象され、性慾に関する暗い部分が故意に眼をふさがれているからである／しかし青春の緒で、初めて愛を経験し、全力をあげてこの愛の意味を探ろうとしている者にとって、それは単に仄かだとか、甘いとか言っていられないだろう。そこにはもっと重要な意味、人間形成の最初の足がかりという意味があるだろう。従って初恋は、渦中にある者の場合と、それを回

想する者の場合とでは、同日の論ではない》
↓福永武彦『愛の試み』新潮文庫（新潮社、一九七五年）三刷四十六頁
■本書64頁／2～3行目《人が音楽を最も必要とするのは、恋をしてるときか、失恋したとき》
↓ヘレナ・ハント編　梅澤乃菜訳『テイラー・スウィフトの生声　本人自らの発言だからこそ見える真実』株式会社文響社（二〇二三年）初刷八十七頁
■本書128頁／13～15行目《けれど、人間は負けるように造られてはいないんだ／そりゃ、人間は殺されるかもしれない、けれど負けはしないんだぞ》
↓ヘミングウェイ　福田恆存訳『老人と海』新潮文庫（新潮社、二〇〇三年）一一〇刷一一八頁
■本書129頁／3～4行目《だが、人間ってやつ、負けるようにはできちゃいない／叩きつぶされることはあっても、負けやせん》
↓ヘミングウェイ　高見浩訳『老人と海』新潮文庫（新潮社、二〇二〇年）十四刷一〇九頁
■本書275頁／14～15行目《たとえ世界の終末が明日であっても、自分は今日リンゴの木を植える……》
↓ゲオルギウ　谷長茂訳『第二のチャンス』（筑摩書房、一九五三年）再販三六一頁

【参考文献】
竹内久美子『本当は怖い動物の子育て』（新潮社、二〇一三年）

◉高村資本著作リスト

「恋は双子で割り切れない1〜6」（電撃文庫）

本書に対するご意見、ご感想をお寄せください。

ファンレターあて先
〒102-8177　東京都千代田区富士見2-13-3
電撃文庫編集部
「髙村資本先生」係
「あるみっく先生」係

本書は書き下ろしです。

電撃文庫

恋は双子で割り切れない6

高村資本

◇◇◇

2024年７月10日　初版発行

発行者　山下直久
発行　株式会社KADOKAWA
〒102-8177　東京都千代田区富士見2-13-3
0570-002-301（ナビダイヤル）
装丁者　荻窪裕司（META＋MANIERA）
印刷　株式会社暁印刷
製本　株式会社暁印刷

●お問い合わせ
https://www.kadokawa.co.jp/（「お問い合わせ」へお進みください）
※内容によっては、お答えできない場合があります。
※サポートは日本国内のみとさせていただきます。
※ Japanese text only

※定価はカバーに表示してあります。

ISBN978-4-04-915277-7　C0193　Printed in Japan

電撃文庫　https://dengekibunko.jp/

電撃文庫DIGEST　7月の新刊

発売日2024年7月10日

恋は双子で割り切れない6
著／高村資本　イラスト／あるみっく

晴れて恋人同士となった二人。そして選ばれなかった一人。いつまでもぎくしゃくとしたままではいかないけれど、立ち直るにはちょっと時間がかかりそう。そんな関係に戸惑いつつ、夏休みが終わり文化祭が始まった。

レプリカだって、恋をする。4
著／榛名丼　イラスト／raemz

「ナオが決めて、いいんだよ。ナオとして生きていくか。それとも……私の中に戻ってくるか」決断の時は、もうまもなく。レプリカと、オリジナル。2人がひとつの答えに辿り着く、第4巻。

彼女を奪ったイケメン美少女がなぜか俺まで狙ってくる2
著／福田週人　イラスト／さなだケイスイ

「お試しで付き合う一か月で好きにさせる」勝負の期日はもうすぐそこ。軽薄な静乃だけど、なんで時々そんな真剣な顔するんだよ。それに元カノ・江奈ちゃんも最近距離が近いような？　お前らいったい何考えてるんだ！

少女星間漂流記2
著／東崎惟子　イラスト／ソノフワン

可愛いうさぎやねこ、あざらしと戯れられる星、自分の望む見た目になれる星に、ほっかほかの温泉が湧く星……あれ、なんだか快適そう？　でもそう上手くはいかないのが銀河の厳しいところです。

吸血令嬢は魔刀(おれ)を手に取る2
著／小林湖底　イラスト／azuタロウ

ナイトログの一大勢力「神殿」の急襲を受け仲間を攫われた逸夜たち。救出のため、六花戦争の参加者だった苦条ナナの導きで夜ノ郷に乗り込むことに!?

教え子とキスをする。バレたら終わる。3
著／扇風気 周　イラスト／こむぴ

元カノが引き起こした銀を巡る騒動も収まり、卒業まではこの関係を秘密にすることを改めて誓いあった銀と灯佳。その矢先、教師と生徒が付き合っているという噂が学校中で囁かれ始めて――。

あんたで日常(せかい)を彩りたい2
著／駿馬 京　イラスト／みれあ

穂含祭での演目を成功させた夜風と棗。しかし、その関係性は以前と変わらずであった。そんな中、プロデューサーの小町は学年末に開催される初花祭に向けた準備を進めようとするが、棗に「やりたいこと」が無く――？

新作　神々が支配する世界で〈上〉
著／佐島 勤　イラスト／浪人
本文イラスト／谷 裕司

ある日、世界は神々によって支配された。彼らは人間に加護を与える代わりに、神々の力を宿した鎧『神鎧』を纏い、邪神と戦うことを求める。これは、神々が支配する世界の若者たちの物語である。

新作　神々が支配する世界で〈下〉
著／佐島 勤　イラスト／浪人
本文イラスト／谷 裕司

神々の加護を受けた世界を守る者。邪神の力を借りて神々の支配に抗う者。心を力とする鎧を身に纏い、心を刃とする武器を手にして、二人の若者は譲れない戦いに臨む。

新作　こちら、終末停滞委員会。
著／逢縁奇演　イラスト／荻pote

正体不明オブジェクト〝終末〟によって、世界は密かに滅んでる最中らしい。けど、中指立てて抗う、とびきり愉快な少年少女がいたんだ。アングラな経歴の俺だけど、ここなら楽しい学園生活が始まるんじゃないか？

新作　異世界で魔族に襲われても保険金が下りるんですか!?
著／グッドウッド　イラスト／kodamazon

元保険営業の社畜が神様から「魂の減価償却をしろ」と言われ異世界転移。えっ、でもこの世界の人、魔族に襲われても遺族にはなんの保障もないの!?　じゃあアクション好きJKといっしょに保険会社をはじめます！